香港
旅聞軼事

—————— 郭志標　著 ——————

序一
低碳本地旅遊多樂事

2023 年夏，適逢我完成了環境局局長十年任期後的一周年，高興收到本地山界前輩郭志標先生送來新書《香港古道行樂》，非常感謝標叔叔賜教！邁向 2024 年夏，標叔叔予我機會給他的又一本新書作序，我自然樂意奉陪，更期待拜讀他的新作《香港旅聞軼事》。

行山樂

2023 年 8 月中「全國生態日」，我晨早起來就閱讀《香港古道行樂》，樂見書中羅列了香港逾百條古道，亦提及我任局長期間為香港開創的生態保育新政，包括 2018 年正式成立「鄉郊辦」以保育偏遠鄉郊的生態及文化，以及 2022 年終以非原址換地方式長遠保育極高生態價值的大埔沙螺洞高原濕地。我邊看邊想，今年內有新增願望，就是約會標叔叔！若有緣請他帶隊古道行，實是樂事。

2023 年 12 月尾，好夢竟成真！藉着我為香港建築師學會構思的「遊山遊學」持續進修系列，終於邀得標叔叔和當時出爐新

書《看不見的山徑：香港可持續山徑之初探》的主筆鄭茹蕙女士
（Vivien），聯袂擔當星級深度遊導賞，帶領一眾建築專業人士邊
行山邊聽故事。當日天氣甚冷，但團友熱情絲毫不減，不少更是
「標粉」，各自在背包探出一本本《香港古道行樂》，頓把茅坪古
道起步點化作標叔叔簽名會！

多愛山

茅坪古道上，我亦沿途見證眾多愛山人士為野生捕獲標叔
叔而高興！沿古道，標叔叔細說不同故事，涵蓋鄉郊民俗的歷史
古蹟，有關於石磴古道的工藝，亦有輕鬆玩味的自然景觀，如遙
指女婆山陽元石。登山行至茅坪坳藤皇，大家都心痛如此罕有巨
藤，竟在 2023 年中遭惡意斬鋸！大家呼籲愛惜鄉郊，請各山友
厲行山野不留痕，包括自己垃圾自己帶走。

此次與標叔叔古道同行樂，其實得來不易，非常多謝 Vivien
穿針引線。因為當時標叔叔已在撰寫他的新著作《香港旅聞軼
事》，正全情投入。在此，我再次衷心感謝標叔叔於百忙之中，
抽空同遊茅坪古道。與此同時，我推介《香港旅聞軼事》，愛山
人士可從中想像與標叔叔同遊香港鄉郊，聽他訴說旅聞軼事。

低碳行

自少年時，香港郊野行樂就成為我的愛好。至今，低碳本
地旅遊是我和家人友人共享的閒時生活樂事。面對全球氣候變化

的大危機，我身體力行減碳減廢，日常厲行低碳衣食住行，包括投入及推廣低碳本地旅遊。大家若有緣閱讀《香港古道行樂》和《香港旅聞軼事》等著作，在港鄉郊旅遊時，將會更樂更趣！

自 2022 年底，我擔任「無止橋慈善基金」主席，支持振興中國內地和香港兩地的鄉村，並藉此造就青年發展和低碳可持續發展的良橋。於這些義務工作中，我體會到偏遠鄉郊的口述歷史和山系軼事，都可扣連鄉村振興的推動。我想，《香港旅聞軼事》不止會吸引本地「標粉」，亦會啟發香港以外的讀者。我會拜讀此新書，亦會又發一夢，願望和標叔叔再度約會，一邊低碳本地旅遊，一邊聽他訴說數十年來所沉澱的香港旅聞軼事。

黃錦星 GBS, JP
前環境局局長

序二
山野軼事多

　　我認識郭志標先生已經數十載，是老朋友了，他曾擔任郊野公園及海岸公園委員會的委員，而且積極出席郊野公園遊客聯絡小組。他是香港資深行山者，一直熱切關心香港郊野，在不少郊野公益事務上貢獻良多。

　　志標兄是非常認真的山野旅行者，不像其他行山人士那樣是行山過後就匆匆收隊的人。他對山野、鄉郊歷史、古蹟、路徑、行山隊伍的組織、民間習俗、傳統、郊野公園、郊野設施、碑文、地標，以至野外一切大小事物都很留心，喜歡尋幽探秘，鑽研本土歷史文化，是一位少有以文字把幾十年的所見、所聞、所思、所悟都記錄下來的行山者。可以說，他是香港郊野數十年來變遷的見證人，不僅以文字記錄，還成立獵影遊，以照片留下一切在野外所見景物的影像，堪稱是嚴肅認真的旅行家。

　　我曾經拜讀他的《香港本土旅行八十載》（2013）和《香港古道行樂》（2023）兩本著作，兩者都內容充實，且考據嚴謹。我期待其新作《香港旅聞軼事》可以為讀者提供更多鮮為人知的掌故、歷史和山野見聞。收集這類資料殊非易事，往往需要一段很長的時間，並要有系統的記錄。志標兄是一名很自律的行山

者，對郊野細心觀察，努力求知，不少我們習以為常的事物，在他眼中都可能發掘出很多富有趣味的知識或具歷史價值的資料。

　　志標兄承傳華人旅行者的人文精神，發揚如黃佩佳、吳灝陵、李君毅、梁煦華和陳溢晃等前輩的傳統，以求知、求真的精神寫出每次旅行的所見、所感和新發現。他在旅行時往往抱着求知精神，如有不明白之事，不論大小，都希望尋根問底，找出答案，以鍥而不捨的精神尋求真相，令人佩服。不但如此，他亦把尋到的答案慷慨與人分享，公諸同好，不會把知識據為己有，這正是本書可貴之處。讀者將不費吹灰之力，享受他多年探討的成果，實在難得，希望這本精彩的《香港旅聞軼事》可把香港本土旅遊歷史傳承下去，我也樂於為序。

王福義

香港中文大學地理及資源管理學系客座教授

序三
承傳郊野故事

　　行山令人着迷之處，除了漂亮的大自然風景和它的野花樹木，還有重要的一項，就是郊野的趣聞軼事，經常為我的遠足旅程增添很多趣味。所以，在我個人的行山書架上，不單止有行山路線書籍、自然生態書冊，還有不少行山前輩們的遊歷見聞集，這些遊歷見聞書，內容包羅萬有，涵蓋風光勝景、方物考究、民俗植物、地名由來、歷史掌故、村落民情、奇聞軼事等等，最適合自小對郊野裏一事一物都很好奇的我。每當行山時看到一些奇怪的古物，摸不着頭腦是什麼、有何用途，或有時經過一些偏僻小村、廢屋，想瞭解它過去的故事，我就會翻看這些遊歷見聞書去尋找線索，又總不會讓我失望，往往都能為我提供答案。

　　「標叔叔」郭志標先生是本地資深行山界前輩，他去年才剛出版《香港古道行樂》，牽起一時本地古道探賞風氣，不久後便跟我說他又開始執筆編寫關於本土旅行郊遊的見聞集，當然大力支持！標叔叔行山資歷豐厚，見聞廣，熱愛記錄自然景觀、研究舊地名和本土鄉郊史料，並有一份鍥而不捨的探究精神，疑惑之事會尋根問底，絕不馬虎。之前所著的《香港本土旅行八十載》，記錄本土旅行的文化演變，反映不同時代旅行郊遊之民

情，《香港古道行樂》是暫時香港古道最整全之公開民間紀錄，兩書均甚具參考價值。今次標叔叔再接再厲，跟我們分享本土旅聞軼事，實屬行山界之福。

喜歡聽、喜歡閱讀前輩們的遊歷見聞，是因為很多郊野人文故事，非官方出版刊物所能紀錄，這些引人入勝的「軟故事」，很多時成為了我跟朋友郊遊時邊行邊聊的快樂話題，讓不同郊遊地點在視覺景觀以外的內涵變得更豐富和立體，為我們的旅程添上樂趣。此外，前輩們把當時的親身觀察記錄下來，記下了某時某處的風土民情，多年後即使經歷滄海變遷，我們仍可透過舊照片及前輩們的文字紀錄，得悉從前的山水特色或人文風貌，擔當歷史資料之補充及印證，讓人能深度地認識一個地方。這些遊歷見聞也是前人經驗之談，不時為行山者提供實用的野外知識、安全提示及教訓，為何這條路線易迷路？是結界嗎？前輩們透過分享經歷、資料收集及與村民的訪談紀錄，讓民間智慧得以累積，並一代一代承傳下去。

新時代互聯網上的郊遊資訊，多是着重「簡」及「吸晴」，感謝標叔叔仍堅持用文字著書記錄，並費神把資料作考究核實，讓香港的郊野故事更具深度，更添精彩。在此誠摯向喜愛香港郊野的朋友推薦本書。

鄭茹蕙

綠惜地球社區協作總監

序四
點滴見聞成軼事

郊野活動過程中，不時發現廢村和荒田遺跡。尤其是一些曾經繁盛的偏遠鄉村，舉例如新界東北區的南鹿約、慶春約、南約等村落、自六七十年代起，村民因生活困難，遠走他方，在別處落地生根，有的數十年也沒有回到故鄉。現今很多村屋已破落荒廢，令人不勝唏噓。

這些荒廢了的鄉村歷史，全賴一些喜愛歷史的資深旅行界人士，透過口述歷史、碑銘族譜、廟宇遺跡，以至破爛村屋內的生活雜物等，一一以文字或影像記錄下來，否則他們的故事，恐怕會湮沒在歷史的洪流中，被遺忘得一乾二淨。

當中標叔叔也好此道，喜以自然景觀、歷史古蹟、民俗民情入題，故此對郊野古道、鄉村文化、傳統節日習俗等，都一直有興趣鑽研，對香港不同時代的旅行活動演變，下了不少腳力及精神去探究，雖然新人輩出，仍樂此不疲，實在令人欽佩。

標叔叔活躍旅行界近 50 年，見聞極廣，亦收集了不少郊野和鄉村故事，當中不乏趣聞軼事。正如標叔叔自己所說：「這些鄉郊軼事，如不以文字記載下來，很快便會被淡忘散去。」

過往他已出版《香港本土旅行八十載》、《香港古道行樂》，

今次繼續以軼事為題入手。曾看過新書的目錄標題草稿，趣味洋溢，許多題材都是一眾行山人士會偶而遇過，但少有深入瞭解。標叔叔卻以生動的筆觸，配以圖片，再次活現昔日的一些所見所聞，為讀者帶來有趣味、有歷史性或有知識性的回憶。

在此祝願標叔叔新書一紙風行，希望通過此書，喚回大家對往日的點滴回憶，吸引更多市民對偏僻鄉村客家文化的興趣，從而進一步認識相關的歷史與人民生活意義。

李以強

沙頭角文化生態協會主席

 自序

　　在 2023 年 7 月出版了《香港古道行樂》一書後不久，香港三聯書店已催促我今年出版第三本書。起初以為用過往在獵影遊通訊中的「旅途絮語」或《文匯報》中的「我行我見」及其他旅行文章集結成書，到時再整理一番，略作修飾，問題應該不大。況且曾應允讀者們，在新書中補充回《香港古道行樂》一書未備的資料（部分），故此爽快應承，並隨定新書書名 ——《香港旅聞軼事》。

　　歷年我喜歡以自然景觀、歷史古蹟、民俗民情為活動路向，古道行樂只不過是其中一項主題。今天發生的事情，便是明天的歷史，透過行山，細心觀察，閱歷多了，旅途中見聞軼事自然相應增加，這可能將成為日後追溯村史，研究鄉郊社會建設、民生發展歷史的重要資料。

　　好好將有關事情記錄下來，累積日久，便是寫作的好材料，只可惜有時出於疏懶，或自以為記憶力好，況且還有些原稿可倚，慢慢執筆也不遲。當真要執筆之時，才驚覺一籌莫展！

　　《香港旅聞軼事》內文或長或短，有遊記式、有歷史記述式、有道聽塗說，亦有真實經歷。內文和註釋裏所用的資料多來自個人以往的剪報、官方網站上的資訊，以及與前輩、鄉民閒談

的紀錄等。

過程之中，尤以追查資料的真實性最耽誤時間，因有時要翻查書刊或親到田野考察數次之多。例如有次在大埔蓮坳，無意中見到有風水墓碑，記載着與城門村有關的文字，其中鄔氏與張氏有何關係呢？為求答案，因此分別拜訪大埔魚角及上水雞地兩村張氏，甚至去到大埔碗窰張屋村求證。又因西貢大水井古道新發現類似棋盤石刻，透過實地觀察，從而找到前人資料不足之處，正好可予補充或修定。

旅行多年，親睹郊野公園的成長和發展，與旅行界建立良好的伙伴關係。近年山界之名冒起，兩者有何關係呢？書中亦嘗試用文字表達對這問題的一己看法。

限於個人知識水平，以及缺乏資金深入研究，更無任何團隊幫助，純粹以個人之力，在興趣使然下進行資料收集整理，幸得友好支持，方能按圖索驥，享受埋首及尋找過程中的樂趣。

祈望本書出版後，可以消除讀者們以為我只會聚焦在古道上的印象，也可以宏觀地記錄我數十載在行山活動中所經歷過的演變。希望與同道中人繼續互勉，從旅行界／山界的交流中找到更多話題探討，共同把旅行史延續下去。

今年適逢香港回歸 27 年，也是獵影遊成立 27 周年紀念，藉着本書出版，正好作為個人多年來旅行生涯的回憶紀錄，同時亦在此多謝前輩、會員友好在此期間的不斷提點指正，更多謝家兄與家人的體諒和支持！

郭志標

目錄

① 梅窩見「牛仔」飲可樂

在七十年代香港海底隧道及地鐵尚未啟用前，每逢周日，旅行人士若想前往大嶼山旅行，都須於早上在中環統一碼頭（即港外線碼頭）乘搭 8 時 30 分開出的油麻地渡輪前往梅窩，船程 45 分鐘。

某次炎熱的夏天，船抵梅窩後，旅行人士（包括我）在整裝待發時，眼前卻看見一幕有趣的情景，主人翁竟是「牠」！所見的「牛仔」，旁若無人，喝着冰凍的可樂飲品，津津有味。其奇怪的舉動，自然吸引不少遊客駐足觀看。

牛仔飲可樂

每天清早，天尚未亮時，居住在大嶼山白富田的「牛仔」，已拖着滿是農作物的拖轆車，由主人夫婦帶頭領着，步行前往梅窩碼頭。隨後「牛仔」被安置於路邊靜候，主人則帶着農作物轉往長洲作買賣。

約 9 時許，主人回來了，並帶回日常必需品和飼料。「牛仔」很高興，因為女主人特地為牠帶來牠喜歡飲的可口可樂；在開懷暢飲之際，男主人卻忙於為「牛仔」穿鞋。原來往返白富田，少說也要半小時，行經嶼南道一段，還是頗斜的馬路。為避免地面傷害牛蹄，牠的每一隻腳均需繫上黑色的膠布袋。白富田遠離市區，那時難免仍有牛拉車的情況出現。午間「牛仔」辛勞過後，主人還會給牠喝啤酒，相當受疼錫。往後再能親睹這溫馨情景，卻只有兩三次了。

1983 年香港曾發生一宗「靈牛」事件。話說 1983 年長沙灣屠房出現了牛隻流淚的情景：一隻年僅 17 歲，重達 900 斤的大水牛，被拉往九龍長沙灣屠場屠宰時，多次跪地流淚，工人認為此牛有靈性，均不願屠宰。

起初工人希望把牛送往海洋公園，但不獲接受。後來請求慈雲閣，主持人遂到來看個究竟，並向牠發問，是否願意登上百多級數梯到慈雲閣棲身，靈牛竟然點頭。因緣際會，主持人決定收養牠。後經漁農自然護理署（簡稱漁護署）檢查過健康良好後，才放行並運抵慈雲閣上。坊間有另一說法，謂 1988 年 7 月，無綫電視節目《歡樂今宵》曾有報導，由鍾保羅旁述，當時電視台有派攝製隊拍攝。

後來生活了 11 年多，靈牛已屆高齡，健康逐漸欠佳，終於

① 靈牛奉告
② 牛郎織女

體衰力竭，藥石無靈，卒於 1994 年 5 月。慈雲閣聘法師為之誦經超渡，功德圓滿，靈牛遺體亦移送政府有關部門整體火化。

　　惟事出玄妙，靈牛屢次託夢給多位善信，稱其乃長伴牛郎織女之神牛，因此慈雲閣特聘工藝名師為其塑像，以作紀念。

後記

　　香港農業早已式微，郊外卻仍有很多三五成群的流浪牛散布在沙頭角、上水（石上河附近）、城門水塘、大帽山、元朗錦田、大埔、粉嶺、西貢、馬鞍山十四鄉、塔門、大嶼山（石壁、貝澳）等一帶。

　　牛隻缺乏監管下，衍生出不少社會問題，例如牠們會誤闖

谷埔流浪牛

民居農圃，或者走出馬路阻塞交通。對牛隻本身亦有不少負面影響，例如因草地泥土流失，草被不生，牛隻缺乏食糧；因市民無知過分餵飼，令流浪牛失去覓食本能；因地方不清潔，牛隻誤吞膠袋，導致腸胃梗塞而死等。

　　幸好時下有些義工仗義相助，暫解艱困。目前所知香港保護牛隻群組有以下的義工團體：環保生態保育協會、大澳環境及發展關注協會（護牛小組）、大嶼山愛護水牛之家、流浪牛之家、嶼南水牛學會、大嶼山黃牛關注組、新界東社區動物關注組、西貢護牛天使、西貢野牛之家、香港牛物種保育協會、大澳社區牛隻關注組、牛牛義工聯盟等。（排名不分先後）

② 滑翔傘的故事

滑翔傘是一項結合運動和消閒的活動，操作上有一定安全風險。近年成為時興玩意，因此意外甚至傷亡事故屢有發生（2024 年 6 月 17 日，大嶼山大東山即發生滑翔傘致命意外事件），這點亦令我想起十多年前的天外來客事件。

話說某年 4 月中旬有新聞報導，謂一名法籍男子在石澳海面玩外國十分流行的滑翔傘時，因風勢減弱，跌回海中載浮載沉，被好心人士誤以為遇溺。水警到來將男子救上，由於他沒有證件，遂被送返水警基地。

這件事令筆者想起較早時在行山途中，也曾遇到一宗類似事情。事緣筆者某天行經大澳時，無意中結識一位艇家並抄下聯絡電話，想不到這電話日後竟幫到一位「天外來客」。

與艇家別後相隔數周，筆者率隊前往大嶼山煎魚灣，探訪個人早年在普濟禪院遺址發現的一對石門聯，希望從其年份印證當時《旅遊黃頁》中資料的錯謬。大休期間，大家都被上空出現的滑翔傘吸引了注意，原來他正盤旋着向下降陸。在沙灘上的幾位行友最先向他打招呼，知道他因風勢減弱，若不下降，便會飄向公海上。「天外來客」表示憂心，因其所負的背包重量不輕，

步行回大澳頗為困難。筆者笑說，那些曾取頭盔、降落傘「扮嘢」拍照的行友，應要幫人輪流抬背包走；另一方法是請艇載他回大澳。眾人最終樂意支持請艇的主意。

　　幸好接通了流動電話，艇家瞭解底蘊後亦願意前來，只等了二十分鐘便出現了，「天外來客」展顏而笑。離開前，一位活力充沛的女孩趁機與「天外來客」交換電話，後來成為朋友，「天外來客」並帶她一嘗「升空」滋味，終於一圓她上山（行山）下海（潛水）及「升空」（滑翔）的心願，不開心才怪呢！由此事件，不難發覺機緣巧合之重要，大家若不互相幫忙，解決「天外來客」的煩惱，那位女士又怎可以因利成便，爭取到飛上天空的機會呢？

石澳大頭洲滑翔傘（黃永祥攝）

西貢昂平滑翔傘（黃志強攝）

延伸資料

民航處於 2019 年 10 月，監管收取酬勞的滑翔傘活動，服務提供者事前要申領處方發出的許可證。據民航公開的資料，當時全港只有七人持牌。不過，免費的滑翔傘活動則不受監管。

無需經驗亦可以試玩滑翔傘的八個地點：浪茄灣、北潭坳、八仙嶺、馬鞍山、西灣、石澳、九龍坑山、大嶼山南。

③ 新界鄉村警民關係好

　　回憶在旅行生涯中，曾於八十年代，見過不法分子以「大飛」（大馬力快艇）作粵港兩地走私活動，或將偷渡客運來香港。有次在西貢糧船灣山頭，見過一班衣着光鮮的偷渡客問路出市區；又有一次見一隊休班水警巡山，各人手持長竹在山上巡邏，原來是協助警隊進行反偷渡客事宜。

鄉村巡邏隊
在鄉村執勤

　　1995 年底警方成立港島「行山隊」，專責對付在港島半山豪宅區（例如馬己仙峽道、麥當奴道、干德道等的住宅）爆竊的蛇匪，至 1998 年 9 月一度解散，其後因涉及非法入境者的打劫與爆竊案上升，於三個月後又將隊伍重組。行山隊隊員主要來自衝鋒隊警員，年輕壯健，擅長在山頭搜索及追捕，後來擒獲蛇匪亦是行山隊員的功勞。

　　在四五十年代，新界山頭野嶺有很多鄉村，既沒有公路可通或汽車可達，村內也無水電設備，更沒有電話等通訊器材。這些鄉村幾乎是和外間隔絕，平日治安單靠鄉人自力維持，但遇着

大埔林村天后宮曾是鄉村巡邏隊總部

外來不法分子潛伏附近地區圖謀不軌，鄉人便很難處理。警方為保持和這些鄉村的聯絡，便於 1949 年組成一支隊伍，稱鄉村巡邏隊。

　　隊員至少三人，上山下鄉，到各僻遠鄉村去巡邏。他們身穿迷彩制服，由於有些地方須攀山越嶺，有時還要露宿山頭，有時需要住在鄉村的學校村屋或鄉事委員會內，他們大多背負一背囊，帶有毛氈、帳幕、炊具、糧水等，看起來似軍隊中的裝甲兵一樣，故又稱為「穿山甲部隊」。部隊成員大部分由新界居民擔

鄉村巡邏隊探訪村民

新界鄉村警民關係好

任,他們必須通曉鄉村中的通行語言,例如客家話和東莞話等,同時又要熟悉鄉村道路和山地形勢,方便行進。

過往在新界東北區梅子林、阿媽笏、牛屎湖、大埔林村曾見過他們的蹤影。原來林村天后宮內曾作鄉公所辦事處,後來喬遷新址後,原有舊址暫借予鄉村巡邏隊駐守,以維持鄉中治安。

據知偏僻的鄉村村民,看見鄉村巡邏隊到來,都極表歡迎。村民會向他們查詢九龍和香港有什麼新聞,他們往往不厭其煩,樂於一一解答。附近如有來歷不明人士潛入或犯事,鄉民也會供給情報。有些住在山區鄉村的老村民,甚至會託他們代寫家書,寄給住在港九或在外國謀生的親人。可以說昔日的鄉村巡邏隊,除執行警務工作外,兼具溝通及建立良好警民關係的作用。

時至今天,僻遠鄉村大多已人去樓空,不過鄉村巡邏隊仍然存在,時下交通和通訊網絡都比以前進步得多,他們的裝備也追上潮流;只是衣着仍然是迷彩打扮,制服布質比較厚,以防被樹枝劃傷,並加有鴨舌帽和防刮手套,有利埋伏窺視,打擊罪犯。

現時鄉村巡邏隊主要職責是巡邏香港近 700 條偏遠村落,協助村民解決紛爭、偵查「爆竇」事件、阻止非法伐木、堵截非法入境者,以及宣傳防止罪案的訊息等,仍舊肩負着不同的重任。

④ 香港土產

縱使在街市或超級市場內皆有現成的農作物出售，旅行人士總覺得在郊外順道從村民手中買取剛收割回來的蔬果，特別開心和有新鮮感。

回想八十年代某年歲晚，回程路經大棠農田，目睹一群村民正忙碌地從泥土中，收集一枚枚雪白、如炸彈般大的蘿蔔，對

行友在大埔
沙螺洞購買
竹蔗

久居鬧市和甚少在郊外活動的旅行人士而言，真是難得一見，興趣大增，於是留步圍觀。村民樂極，並以平價出售予感興趣者，使原已減磅的背囊，隨即又沉重起來。但他們卻不厭累贅，開心地趕緊乘車回家，準備炮製蘿蔔糕應節了。

有次行經大埔沙螺洞村口，其時大炮亭尚未存在，剛巧遇見兩位村婦，擬往大埔街市出售自家種植的竹蔗。趁在等候街車之際，她們忙於將整條長長的竹蔗削皮，並劈斷十餘節之多，再用繩結為一紮，每紮只售三元，所賺利錢應該不多。竹蔗能清熱解渴，旅行人士乘小休期間，趨前購買。除即場咀嚼作能源補給外，還購回家中，配以紅蘿蔔和馬蹄等煲水，與家人共飲。既可享用，又可幫補村民生計，何樂而不為呢！

早年新界農民生活艱苦，往往僅足自給，有多餘者才趁墟外售。參考《新界風土名勝大觀》（商務印書館〔香港〕有限公司，2016 年）一書，才知約三十年代鄉村出產的著名農產品如下：嶺仔之薑、狗尾粟、蒜頭及青葱；古洞之大薯及生菜；沙田之沙葛、韭菜及枸杞菜；楊屋之蘿蔔；安樂村、林村及荃灣之菠蘿；上水之荔枝、白花芥蘭心、頭菜、白菜心及芹菜；鶴藪之糯仔；大埔之細花生、木瓜及沙葛；龍躍頭之梅菜；橫洲之削菜、楊桃、荔枝及西檸檬；金錢及荃灣之雞蛋；九龍城之白花芥蘭及玻璃生菜，都久已膾炙人口。至於木棉、金筍、青豆節瓜、莧茜、蒜頭等則產量較少。

5 從無知到認知：芳樹

　　沙田古稱「棘園」，又稱「芳園」，意指遍布荊棘的荒蕪之地。如今沙田已成市鎮，所謂荊棘地方，相信已蕩然無存。

　　行走山野間，總難免闖林越棘，體驗過劃破衣履、刮傷皮膚的滋味。最初以為這些荊棘只會是金剛藤、簕欓花椒（鷹不泊）、蛇泡簕、假老虎簕、金櫻子等植物，考究之下，原來事實並非如此。

　　八年前在粵西湛江採風，得睹當地「年例」風俗。除「穿令箭」外，其中一項是「翻刺床」，由一位自稱神靈附體的男士赤膊上身，在布滿荊棘的枱上來回滾動，以示神明顯靈。簡單的只擺一張刺床稍微動一下，正式的則取 15 張八仙桌，按「3、6、3、3」四排擺放，取其諧音「生路生生」。有謂翻得越多，人生路也就越走越寬，把這活動直接套上價值和意義，令信者難以拒絕。

　　由此再動念去找這些荊棘的資料。某天途經新界東北荔枝窩與小灘之間的海濱地帶，得見類似的植物。幸好在這荔枝窩自然步道上，樹旁設有傳意牌，得知樹名是馬甲子，學名是 "Paliurus ramosissimus"。

　　回到書堆中找資料，細查之下才知這植物屬鼠李科，鼠李科是一個大科，植物大部分為喬木，也有灌木和藤本植物，偶有草木。本科植物別名鐵籬笆、石刺仔、刺仔、白棘等。葉卵形至橢圓形互生，鈍鋸齒緣，表面深綠色帶有光澤，喜生長在溪邊、山邊或海邊。它是落葉灌木，根葉可清熱拔毒，有祛風濕、散瘀血、止喉痛等功效。由於樹幹多有刺枝杖，常被用作天然籬笆，以阻隔牛隻搗亂農作物。如要觀賞這類植物，可到赤徑廢田。

　　據已故邱東所著《新界風物與民情》（三聯書店〔香港〕有限公司，1992 年），當中提及沙田多處因種植芳樹，將其當作圍籬圍繞田園，故名「芳園」。該種芳樹，鄉人稱為「楊桑芳」，樹高丈餘，直徑不大，約三四寸，杖對生如塔，葉小。在未有鐵絲網的時代，如種植一排，則人畜都不能通過，故有防盜作用。

湛江年例的翻刺床表演

① 芳樹落葉前
② 芳樹落葉後

①

②

⑥ 縛在礁石上的牛腿

　　今天旅行裝備先進，有助推動泳絪或涉水探洞等活動。回顧六七十年代，香港東部水域崖岸散布無數奇岩異洞，當年好此道者，須由相約的遊艇載往洞口對開海面，再轉搖艣駁艇「埋街」（埋岸），或者穿遊洞穴。基於先輩流傳的神秘傳說，多少帶有恐懼和迷信成分；好些艇家亦將探索洞穴視為畏途，不輕易犯險，以免招惹災禍，這些對拓展遊賞的領隊朋友造成很大的阻礙。曾有一次見聞，在探西貢燕子岩洞時，見艇家在洞邊唸唸有詞地焚化冥寶，像在跟洞主打招呼，之後才慢慢搖曳進洞。逐漸深入，艇家顯得有點緊張，他當時一手搖艣，一手持竿，並頻頻以竿擊艇，發出「嘭嘭」之聲，口中繼續唸唸有詞，祈求大家平安。回程離洞之前，艇家同樣散發冥寶，可見水上人當時不易拋棄迷信的觀念。

　　以下另有發生在海面上礁排的一段記載：八十年代後期，有一次曾與朋友一行三人從西貢黃石碼頭租機動艇一艘，遨遊黃竹角海與印塘海，目的是想登上一些人跡希至的礁排，其間目睹一件事，至今仍未能找到解釋。

搖櫓

　事緣從黃竹角咀海向烏洲和紅石門方向駛去，突然發現烏洲塘外的烏排 ❶ 上橫放着一截水牛後腿，腳蹄還縛有繩索。環顧四周，沒有船艇停泊，後向有識之士請教，都未有答案。

　早前翻閱舊旅行書籍，初旅、任遠、山鷹等編繪的《港九旅行路線指南》，（宏圖出版社，約 1973 年），內有一篇文章，題為〈奇岩異洞數鶴岩〉，講及青洲 ❷ 鶴岩洞及一些登岸周邊行程經歷，提及走過了一道石卵滿途的石灘，在石台上見有牛頭骸骨一具，上插有香燭神物，不知是否屬迷信漁民作拜祭之用。

① 黃竹角海中的烏排（背後是烏洲塘後的鳳凰笏頂）
② 青洲壁虎崖

①

縛在礁石上的牛腿

②

延伸資料

參考地圖

地政總署測繪處：《郊區地圖：新界東北及中部》

地政總署測繪處：《郊區地圖：西貢及清水灣》

註釋

①

烏排是黃竹角海近黃竹角咀北岸、近塘瀝仔的礁排。九十年代尾，千景堂主李君毅以前輩身份指導秀峰旅行隊打通烏洲塘的「漁樵古道」。以水陸兼程方式，在鳳凰笏登岸，跨鳳鳳頂，邊打林越荊棘，循若隱若現的石蹬古道而下烏洲塘海邊。在約定時間下，由駁艇接回主船，繞過黃竹角咀入赤門海峽返馬料水。據知，烏洲塘昔日原有小村，西鄰通長窩村，過紅石門村。現今俱已廢。

2016 年人體藝術協會有意在香港開闢天體沙灘，發展天體度假，選了六處認為適合的沙灘：湛東灣、白臘仔海灘、烏洲塘、鳳凰笏、深灣及東灣，中以湛東灣為首選；後來這事件不了了之。

②

青洲位於清水灣半島與果洲群島相對之孤島。據船家說，由南繞岸至東，土名分別為：河背眼（鶴岩洞）、撐水門、青洲尾眼（青洲尾洞）、黃泥崗、孖柱石、壁虎崖、青洲西灘、鱟魚灣、洲背、洲頭。鶴岩洞是香港境內最長海蝕洞，超過 60 多米，惟洞內漆黑一片，入內須帶備照明工具，並選風平浪靜的日子。

⑦ 郊外有人騎馬

香港郊外有無人騎馬？想讀者有興趣知道。

一般人大概只知香港 1925-1930 年間第 17 任港督金文泰，他與太太曾騎馬暢遊港島郊野的路線，故現存有「金督馳馬徑」和「金夫人馳馬徑」。再後些年於 1939 年間，粉嶺狩獵賽馬會多於春天或秋天舉辦騎馬狩獵活動。範圍多在粉嶺軍地馬場、舊日的沙頭角鐵路沿線，以及一些邊境地方。故此在郊外，例如上水河上鄉，便見過有外籍人士在村邊路徑上練習騎馬踱步。

《中港邊界的百年變遷：從沙頭角蓮蔴坑村說起》（三聯書店〔香港〕有限公司，2012 年）的作者阮志有記述，大埔洞梓葉姓族人（吉字輩，同蓮蔴坑的葉氏所用相同），昔日會跟隨長輩騎馬經禾徑山、竹山坳古道，來到蓮蔴坑葉氏宗祠祭祖。

三十年代粉嶺的狩獵活動

大約在 1974 年夏天某個平日，我曾親睹有人在郊外騎馬。事緣我隨旅行隊由元朗南坑排出發，經大欖涌水塘、元荃古道、田夫仔，回程經清快塘落深井，中午在大欖涌水塘尾篤附近的蓮花石澗口（蓮花石澗是新九大石澗之一，主要水源來自大帽山支脈的蓮花山）大休一小時多。

外籍人士在河上鄉村邊騎馬蹀步

大休完畢，正當預備再起步時，忽見一群外籍人士，至少七至八人，有男有女，包括成年人和青少年，穿着平民衣裝，各自騎馬蹀步而來，最精彩的是整群馬隊還進入澗中稍稍浸水，嬉水後再返回大路。

這情景雖不及坊間流行的萬寶露香煙電視廣告般，見馬匹奔馳如雷，但在香港郊野碰到騎馬的景象卻是首次。他們不喜歡行山人士趨前靠近，更不准人觸摸馬匹，以防牠們受到驚嚇。由於要繼續趕路，只有匆匆一瞥，便要與馬隊背道而馳了。

這班人究竟來自何處，其目的地又在何方呢？多年來仍未找到答案。距離上址，最近的是石崗軍營，是否營內有馬廄？騎馬人士是否軍眷呢？希望有識之士能幫我解開這多年來的謎團。

⑧ 大埔梧桐寨瀑布 駭人石景

　　因受大雨引致山泥傾瀉，大埔林村梧桐寨瀑布 ① 一帶的行山徑，於 2023 年 10 月 4 日起臨時封閉，以作清理，直至另行通知。

　　回憶在 1993 年 10 月，香港亦曾出現豪雨，令多處郊外地點發生山泥傾瀉。受影響的包括鳳凰徑沿線，所經的南山、鳳凰山、石壁、塘福及長沙一帶尤為嚴重。最不幸是有一對夫婦受困在大埔林村梧桐寨長瀑頂危崖上，同告失足死亡 ②，而一名見義勇為的青年在旁協助時也失足重傷。

　　事後筆者與友人曾到場視察，瞭解傾瀉情況。正當轉身離開之際，昂首時無意間望到塌坡東崖上，有一幅原被林木植被遮蓋大半的岩石，被雨水將沙石沖走後，竟然露出駭人的石景！乍看似一具骷髏頭，又似靈界所講的「無常」，樣貌哀愁地向下俯視着肇事現場，令人不寒而慄！這段見聞後來交旅行前輩在《文匯報》旅行版刊登。

　　由於現場被山泥沖刷的面積頗大，山徑修葺及山坡結構等工程維修費不少，有說多達千萬元。後來漁護署聽從專家意見，決定還是讓泥土再慢慢積聚穩固，待植物自然生長，回復生機。

在這過程中，進出路口皆豎立「路不通行」的告示牌，這類告示牌其後更被廣泛使用。

基於發生傷亡事件，有關部門作出檢討，認為日後對於有潛在危險之處，必須加強預防措施，包括透過大眾傳謀、Facebook向外發布近期因種種不同情況而導致的危險，以便郊遊人士有所注意及規避，往後「郊野樂行」網站（http://www.hiking.gov.hk）亦發揮同一作用，包括向公眾提供遠足資訊及推介郊遊景點。

事隔多年後，梧桐寨意外地點草木重生，再不見到駭人石景了。但當時的驚駭景象，至今仍令筆者難以忘懷！

梧桐寨瀑布駭人石景
（郭錦輝攝）

梧桐寨長瀑，是全港最高的瀑布，高 30 米。

大埔梧桐寨瀑布駭人石景

延伸資料

參考地圖

地政總署測繪處：《郊區地圖：新界東北及中部》

地政總署測繪處：《郊區地圖：新界西北部》

註釋

①

梧桐寨瀑布位於大埔西南，大帽山及林村谷一帶，在大帽山郊野公園內。五十年代大埔林村谷的村民稱之為林村瀑布（土名馬尿水），後來廣受旅行人士品題，皆稱為梧桐寨瀑布，是香港最有規模的瀑布群。主要有四條瀑布，分別為井底瀑、中瀑（馬尾瀑）、主瀑（長瀑）及散髮瀑。當中以主瀑落差最大，高達 30 米。多年來，位列香港九大石澗之一，亦是香港十大自然奇觀之一。

②

我曾做過一份《香港歷年旅行遠足意外事件》(1955-1997)的紀錄，當中提及一位領隊在梧桐寨石澗行進時出事。他是力山旅行隊的蘇姓領隊，熱情助人，在主動協助一隊在梧桐寨長瀑頂迷途的旅行小組時，不幸給滾下的碎石重創頭部致死。當時通訊困難，救援人員來到卻為時已晚，待意外翌日才能將屍體移離。

梧桐寨瀑布群深藏蔥翠蒼鬱的山谷內，峭壁高陡，過往先後發生多宗傷亡事件，因山路崎嶇，致搶救困難。1977年 4 月 3 日，長風旅行隊在進行活動之餘，自發性順道在長瀑頂豎立一面警告牌，上寫「危險」二字，並在岩壁

上劃有白紅白警告線及「有百呎懸崖」的字句，提醒旅行
人士知所警惕。

自梧桐寨瀑布納入大帽山郊野公園範圍內，漁護署不斷將
山徑修葺妥善，加建梯級和有鐵鏈的欄杆，並在當眼處設
警告牌。

⑨ 港島龍虎山得名由來

　　香港島的龍虎山，其名稱源出隸屬警務處的政治部（約1996 年前已解散）人員，早年他們把位於域多利道一處專為扣押涉嫌政治犯的羈留地戲稱為「龍虎山」，多少帶有些寓意，謂被扣押的人屬藏龍伏虎之輩，亦以「龍虎」二字形容該處守衛刁斗森嚴。其後因有多宗事件發生於扣留所對上的廢置炮台上，新聞界為了報導方便，遂把該處稱為龍虎山。在傳媒影響下，龍虎山一名，漸廣為人知。

　　據香港史地研究者黃垤華前輩所述，龍虎山正式土名為青草山。曾參閱由蕭國鈞、蕭國健昆仲所著的《族譜與香港地方史研究》（顯朝書室，1982 年），書內亦有提及青草山。文章引關元昌公家譜中歷世小傳之第十八世滄海公條：「終于甲寅清咸豐四年四月十四日卯時，即陽曆一八五四年五月十號，葬於香港清草山，復遷葬於薄扶林道中華基督教墳場，享年二十九歲。碑文曰……是處左右一帶，共有教友遺骸五十七具，于丙午年（即清光緒三十三年）陽六月，奉憲由青草山移葬于此。五十七位教會先進公塋。一九一七年冬墳場值理重修。」可見清末港島青草山本為中華基督教會教友下葬之山地，至 1917 年始遷葬入薄扶林道中華基督教墳場 ❶ 。

薄扶林華人
基督教墳場
（石展毅攝）

　　1998 年龍虎山成為龍虎山郊野公園，是全港最細的郊野公園，特色是中有松林炮台的歷史遺蹟。可遊地點包括香港大學附近的龍虎山郊野公園環境教育中心、維多利亞城界石及中草藥園，詳情如下：

① 薄扶林輸水道（向上梯級往克頓道及松林廢堡）
② 松林炮台歷史徑一角（石展毅攝）

①

②

港島龍虎山得名由來

松林炮台

於 1905 年建成,作防衛港島西之用,屬軍事歷史遺蹟。獲保存於公園內的砲台,漁護署設有說明牌簡介其歷史,供遊人參考。1941 年日軍攻佔香港,砲台在猛烈空襲下報廢,卻難得這裏的指揮部、觀察台、彈藥庫,甚至洗手間都完整地保留下來,遊人可沿長 400 米的松林砲台歷史徑,認識那段戰爭歲月。

龍虎山環境教育中心

由前身為西環濾水廠平房、職員宿舍及工人宿舍的建築群活化而成,約建於 1890 年代,可追溯至香港首個水塘 —— 薄扶林水塘的興建。建築群位於薄扶林輸水道上,原為濾水池附屬設施,用作濾水廠看守員及員工宿舍。此三幢歷史建築於 2008 年由香港大學及環境保護署訂立為期 15 年的合作項目,並獲修復及活化為龍虎山環境教育中心,免費開放予公眾參觀。除常設展覽外,亦定期舉辦生態導賞團及綠色工作坊等活動,以推動體驗式環境教育及永續生活為主。惟該中心於 2023 年初因合作期屆滿,環境及生態局宣布對外關閉,讓歷史建築稍作休整,迎接未來活動。

龍虎山環境教育中心

維多利亞城界石

英軍於 1841 年佔領香港島後在北岸發展，於 1843 年將中環及灣仔一帶劃定為「維多利亞城」。其後於 1857 年將維多利亞城分劃西環、上環、中環和下環，每一環的範圍內再細分地段稱「約」，包括堅尼地城、石塘咀、西營盤、灣仔、銅鑼灣等，共有九約。至此，民間通稱香港初建城市為「四環九約」。

薄扶林道維多利亞城界石

1903 年港英政府為界定維多利亞城的範圍，於憲報中頒布法令，須豎立界石，各高約一米，並刻有 "City Boundary 1903" 的字樣，通稱維多利亞界石，又稱四環九約界碑。然而，受二戰及市區擴展影響，部分界石已經被毀或遷移，當年設立界石的整體數目和具體位置亦難以考究。

① 龍虎山維多利亞城界石（郭錦輝攝）
② 玫瑰崗維多利亞城界石（郭錦輝攝）
③ 摩星嶺維多利亞城界石（劉衍悠攝）

　　2021 年有三塊石碑由香港歷史愛好者發現，古物古蹟辦事處（簡稱古蹟辦）已實地視察及記錄這三塊位於龍虎山、聶高信山近玫瑰崗學校，以及摩星嶺的維多利亞城界石石碑。石碑刻有 "CITY BOUNDARY 1903" 字樣，獲古蹟辦確定為具歷史價值的界石，並納入「由古物古蹟辦事處界定的政府文物地點」名單，加以保護。

　　早前獲記錄的維多利亞城界石共有七塊，分別位於跑馬地黃泥涌道、寶雲道、馬己仙峽道 17 號、舊山頂道、克頓道、薄扶林道 84 號及堅尼地城臨時遊樂場。其中馬己仙峽道的界石已於 2007 年遺失，下落不明。換言之，即目前共發現該等石碑十塊，僅存九塊。

中草藥園

由龍虎山郊野公園晨運之友會於 2000 年建造的中草藥教育場地，取得政府相關部門批准，中西區區議會、中西區民政事務署、漁護署、香港大學中醫藥學院等機構協助和支持。它是全港唯一由民間組織與政府合作的中草藥教育場地，開放予市民觀賞、認識和學習。分為一號及二號種植場，面積雖不大，但歷年來種植過 500 多種中草藥，其中不少為稀有及受保護珍品。每種中草藥都有資料牌介紹其名稱、性味、功效等。

後記

在龍虎山發現界石的地方附近，約七十年代曾見某 1:20,000 地圖上記有張保仔古道（原是由東邊舊山頂道連接至西邊寶珊道），但這段延續路段，如今已不復見。1999 年 7 月有旅行隊領隊在報章發文重提這古道。

文中提及在旭龢道巴士終點站起步，沿克頓道直上不久，來到一個有布告板的分岔路口，轉右方後復轉左方瀝青路，走到盡頭便會見到一處由晨運人士蓋造的西林佛堂（現已不存，但痕跡仍可見）。

過佛堂後，步入泥路山徑，便是張保仔古道，行行重行行，到了通往山頂的夏力道交界處，向前直下石級即抵薄扶林水塘區。

延伸資料

交通

1. 港鐵大學站 A 或 C 出口→逸夫教學樓、百周年花園→大學道→龍虎山環境教育中心→碧珊徑／克頓道→松林炮台→盧吉道→山頂

2. 在中環大會堂乘坐城巴 13 號，一直至終點站半山旭龢道，回程在半山山頂廣場乘坐新巴 15 號回中環。

參考地圖

地政總署測繪處：《郊區地圖：香港島及鄰近島嶼》

註釋

①

據知 1882 年獲港府批地的薄扶林華人基督教墳場，是本港首個為華人基督徒而設的永久墳場，比香港仔的華人永遠墳場還要早近 30 年。

1915 年香港中華基督教聯會成立，負責管理薄扶林墳場，設有公墳部，下轄港九兩個墳場。日佔時，在日本人推動下，成立了「香港基督教總會」，統一規管基督教組織，因禮賢母會源自德國，總督部以日德同盟，對禮賢會較為優待，特選王愛棠牧師為該會會長。1948 年更名為香港華人基督教聯會。影響所及，戰後至現時所見，該地一般稱為香港華人基督教聯會薄扶林道墳場。

此墳場的一大特色是安葬了大批與孫中山先生關係密切及與辛亥革命有關的人物，包括孫中山先生的女兒、女婿、導師、革命同志等。還葬有多位名人，包括昔日香港四大百貨公司（先施百貨、永安百貨、大新百貨、新新百貨）的家族、作家許地山、革命家謝纘泰、廣東音樂家「四大天王」之一的何大傻、書法家區建公、宗教領袖王元琛長老、禮賢會牧師王愛棠（反對蓄婢會創辦人）等。

⑩ 燒柴年代多故事

　　雖則如今燒柴年代已過，但昔日柴枝與民生關係密切，影響深遠，值得記錄下來。戰前市民燒的柴，分有幾樣品級，主要來自中國內地，有松柴、河柴、什柴三種。松柴火旺好燒，但本身多油，燒起來耐燒卻多煙。河柴普普通通，沒有什麼特色。較高級的，是坡柴，因由新加坡入口而得名。它身乾紋直，少橫節，卻又結實，輕輕一砍就開，容易着火，火旺又耐燒，很少煙，所以價錢也最貴。

　　在五六十年代，多艘運柴船會停泊在西營盤海面或岸邊。這些柴船來自新加坡或由珠江口通過虎門到港。

　　那時賣柴的店舖，多兼售炭及風爐，故稱柴炭店。柴炭店前多豎起一截兩三呎高的樹幹，好墊着要賣的柴枝，並在其上破開兩邊，作為廣告招客。剛破開的柴薪多數未乾透，不能即作燃料，故多被放置在店前空地，在烈日下曬乾才賣出去。故一旦落雨，店員必須趕快將柴枝收起，不然等如白忙一天。俗諺「好天收埋落雨柴」乃由此而起。

　　除柴薪外，就地取材的燃料還有不少，如禾草、山草、枯枝等，這些都要用勞力撿拾。鄉村的大爐灶多用來透火，剩餘

下來的燃料，鄉民喜將之肩挑趁墟出售，以換取金錢，購回一些日用品。

在二三十年前，有句關於柴的諺語，是「五十斤柴一樂也」。原來當日擔柴，用的是「柴絡」，絡是竹造的，一擔分成兩絡，往肩上挑，每一絡是五十斤，兩絡合共一百斤。「絡」與「樂」同音，所以若說起了一件賞心樂事，人們便用「五十斤柴」作為形容；五十斤柴一絡也，也就是一「樂」也。

用竹製的「柴絡」擔柴

與柴有關的柴灣舊聞

　　十八世紀初，柴灣有六條村，分別是羅屋 ❶、藍屋、成屋、陸屋、西村及太平村（或大坪村）。

　　據 1867 年人口統計顯示，當時柴灣共有 37 間房屋和 193 名居民。1993 年柴灣居民協會主席成定邦表示，早在數百年前，柴灣成氏始祖成廷彩公，便從西貢坑口孟公屋村分支出來。除柴灣外，有些分支到壁屋、南圍，但始終以柴灣為大房民。成

柴灣羅屋（現成民俗館，為香港法定古蹟）

定邦曾任三屆東區區議員，他回憶戰前和戰後日子，由叔父成錫安任村長。當 1958 年政府為興建七層徙置大廈而清拆成屋村時，他們獲原地安置，搬入徙置大廈居住，及至柴灣首座私人樓宇翠文道滿華樓落成，他們再搬入其中。

柴灣每年都有盂蘭勝會建醮超渡亡魂，1993 年 9 月 9-12 日（農曆七月廿三至廿六日）的盂蘭勝會，特別為中環蘭桂坊慘劇罹難的死難者超渡。當時，除聘請「非凡響粵劇團」一連三日四夜演出粵劇外，並由青松觀道佛人士設壇誦經，超渡亡魂，經費逾 100 萬元左右。

有關「柴灣」一名，1985 年有部分議員曾提議將之改為「翠灣」。其時新區建設委員會主席李廣林 ❷ 建議先廣徵民意，待深入討論後方落實改名決定。事實上，「柴」有合群、團結的意思。雖然今日居民已不再用柴，但柴亦不失為「能源」之意。常言道開門七件事：柴、米、油、鹽、醬、醋、茶，可見柴與民生關係密切，故「柴」字用得有親切感。而「翠」則諧音為「脆」，字形中包含「卒」，似非完美。李廣林從柴灣的歷史中表明：「柴是能源，有孕育無限潛力的涵意，如在數十年前易名則可，至今發展已近 20 萬居民，改地名非但牽涉廣泛而且影響極大。」經李主席如此深入分析，眾皆認同柴灣之名應該保留，現追記於此以作趣談。

註釋

①

柴灣原有多條客家村，但隨着市區的拓展，村落相繼荒
廢，現只剩下碩果僅存的「羅屋」。羅屋原屬於一羅姓
客家人所擁有，因此得名。羅氏族人的先祖在清乾隆年
間 (1736-1795) 興建這間村屋，至今已有 200 多年歷史。
1989 年港英政府以羅屋見證柴灣的歷史發展，將之列作
法定古蹟，永久保留。

羅屋是一間典型的客家村屋，以廳堂為中心，左右兩邊的
建築，對稱工整。屋內中央為廳堂，兩側為建有閣樓的臥
房和工作間。廳堂的正前方是天井，兩側分別是廚房及雜
物房。屋內放有民俗藏品如傢俬、農具、日用品等，以復
原村屋的面貌，充分反映出客家人儉樸刻苦的生活方式。
屋外的空地現設有一系列的展板，以文字及圖片分別介紹
柴灣的歷史、羅屋的歷史和建築特色，以及客家人的習
俗。展板中有兩張具歷史價值的契約，是羅屋原戶主所擁
有，一張是印發於清乾隆三十二年（1767）的紅契印，另
一張是嘉慶元年（1796）的稅契，證明柴灣很早已有人居
住。

②

李廣林從事糧油副食品進口生意逾半世紀，有「糧油大王」、「罐頭大王」、吹波糖創始人等稱譽。他熱愛收藏，品類多元，包括各類石頭、古墨、種子、海洋生物標本，更儲下大量珍貴的舊香港火柴盒、戲橋等有史料價值的藏品。李廣林熱心社會公益及公共事務，曾擔任多項社會公職。1982 年獲英女皇頒授榮譽獎章、1999 年獲特區政府頒授榮譽勳章、2006 年獲頒銅紫荊星章。2023 年 12 月初逝世，享年 86 歲。

⑪ 沙田海亞公角

　　自 2021 年起，渠務署已展開把沙田污水處理廠位於城門河河口的廠房，遷往對岸亞公角女婆山石岩洞的工程，以騰出現址土地作有利民生用途。

　　女婆山近年已成熱門旅行地點，取道西沙古道或梅子林古道，經牛坳可探朝陽石（又稱陽元石）及魚簍石。

　　女婆山主峰稱雷婆頂，高 399 米，北為大峒、二峒；西有支脈為石鼓壟山，高 357 米；再降為南山嶺，有兩頂，東者 255 米，西者 244 米，其下採石處名女婆山石礦場。至此復斜趨西北，是為石門山，上有竹筍、三兄弟諸石，下達蝦公角而沒於海。蝦公角位處蝦公嶺之下，有兩細山咀對峙，內有一灣，稱公角環或公甲灣，今名亞公角。

　　六十年代初，有 65 戶漁民原本居住在何東樓（現時的沙田馬場）。及至 1976 年，為興建沙田馬場，當局須進行填海工程，於是把所有漁民遷至亞公角海灣，於蝦公嶺對下的蝦公角和公角環之間建亞公角村（舊），這漁民村的由來可謂與新界的發展有着密不可分的關係。

　　1982 年，由於當局又需要在城門河南面填海，以配合馬鞍山

① 女婆山石岩洞工程地盤
② 沙田海亞公角開山

亞公角村現址

的發展工程，興建沙田療養院（現稱沙田醫院），這批漁民因此又要再度讓地改向東移，在游水棚建亞公角漁民新村，直至今天。

由於漁民兩度搬遷，地政署同意破例在填海區批地予漁民重建新的漁村，而因為這些漁民長久以來，已習慣在大埔海範圍作業，故此在批地條款方面，與批予新界原居民的情形相似。可以說，這是首條以特別條例批地而建成的漁民村，並獲馬會捐款15 萬作為美化工程費用，於 1984 年入伙。

沙田海亞公角

　　村中有 65 個複式單位，村民多是鶴佬人，供奉大王爺，與大埔元洲仔的大王爺相近。神壇旁側有小屋，安放了很多獎杯，是村民歷年在龍舟競渡賽事中所獲取。村角西端近年多了個環保農莊，公開租借農地，讓居民或外人體驗農耕生活。

　　大王爺附近不遠處有水坑，稱大環坑。每當連綿大雨天，水坑便成瀑布，為一特色。八九十年代初，有旅行隊喜在周末午間攀玩此坑，以作消閒。後來山上多了建築物，如突破青年村、沙田慈氏護養院、白普理寧養中心等，水質變差，從此再無旅行隊開線。

　　亞公角漁民新村村口有巴士、小巴，往來西貢、馬鞍山、沙田，或出九龍、荃灣等地。村民可徒步往來大水坑村、富安花園，步程約十五分鐘。不過，富安花園正門出入口有橫額寫明：「禁止行山人士聚集和進入」，前往茅坪古道、梅子林古道者須改由梅子林路入。路口有搬遷的沙田污水處理廠往岩洞 —— 上游污水收集系統 —— 前期工程正在進行。附近有「梅林洞天」，為搬遷沙田污水處理廠往岩洞的社區聯絡中心，不公開開放，須經團體申請，才可入內參觀。在路口不遠處、橋底之下，就是供村民自家快艇上落的渡頭，往返大埔三門仔十分方便。

八十年代初沙田大水坑景貌（攝於女婆山）

延伸資料

交通

亞公角村有多條九巴路線途經，包括 40X、81C、299X
等；小巴路線則有 67K、803、810。

參考地圖

地政總署測繪處：《郊區地圖：新界東北及中部》
地政總署測繪處：《郊區地圖：西貢及清水灣》

⑫ 大埔海鴉洲

　　大埔海的鴉洲是個很古老的地名，大埔上碗窰樊仙宮，是唯一供奉陶瓷行業神的廟宇，天井側有一對木楹聯：「績溯鴻溝，思流鴉海；仙傳梅隴，澤沛椀陶」，當中「鴉海」即是鴉洲。在大埔樟樹灘村的協天宮內，有一塊「重修武帝古廟樂助芳名開列」廟碑，上亦刻有「前環鴉海、後枕鹿山」之句，此「鴉海」同指鴉洲，「鹿山」則指鹿湖峒。

　　鴉洲在大埔航道上擔當重要角色，有示位作用，早年船灣淡水湖尚未興建，水面人已有一首歌謠，唱出如何駛船由赤門到大埔，勸導不要貪圖便捷而靠近北岸，穿越船灣諸島，因該處多淺灘和沙堤（例如門樓頸），容易使船艇擱淺。歌謠內容為：「穿羊過馬到雞洲，雞頭雞尾過漁舟，若想平安入大埔，不如繞道過鴉洲。」歌詞中的「羊」是指羊洲，近年在地圖上註名「洋洲」；「馬」是指馬屎洲；雞指雞洲（現名鹽田仔），南岸昔日有劏雞井，傳說井中的天然井水，其溫度之高足可劏雞。雞洲東北兩端多淺灘及沙堤，駛船循較遠水程，繞過鴉洲較為安全。

　　大約九十年代，見《郊區地圖：新界東北及中部》刊載大埔海的鴉洲，被改寫成「丫洲」。1997-1998 年間古物古蹟辦事處

大埔海鴉洲（海中央細島）與馬屎洲（尹兆江攝）

選定丫洲，作為第二次全港考古遺址普查地點之一。島上未見有可供飲用的淡水山溪，卻發現 6,000 年前（新石器時代）的史前人類遺存。

　　每年大埔元洲仔都會於農曆五月初五端午節凌晨，舉行大埔三門仔遊夜龍活動，主辦者為鍾氏及石氏。記得數年前有一次跟隨石氏參加遊夜龍，過程熱鬧。當晚眾人在神案前打杯，問請何時出發及往何處採青，方才行動。原來每次都有不同去處，有次我所見是在丫洲上岸入林採青。（按：今年入林採青的地點是劏雞井）現時遊夜龍已納入非物質文化遺產清單內「特色龍舟」一項中。

①

大埔海鴉洲

1999 年 4 月 9 日特區政府公布劃定「馬屎洲特別地區」，包括馬屎洲及鄰近三個小島：洋洲、丫洲，另加一個地圖上尚未命名的小島（土名烏浪頭）。因為島上包含了香港最古老的岩石種，亦布滿各種極具科學價值的地質地貌。公布後，可有效地保護一些未受破壞的自然地質景點。2009 年 11 月，馬屎洲升級為香港國家地質公園一部分；到 2011 年，再升級為香港世界地質公園其中一個園區。

① 鴉洲近貌
② 大埔三門仔劏雞井（黃少鈺提供）

②

① 大埔三門仔石氏先迎請宋帝神像上魚排，晚上問杯後再出發遊夜龍。（六郎攝）
② 大埔三門仔鍾氏遊夜龍　（六郎攝）

延伸資料

馬屎洲是位於新界大埔三門仔的連島沙洲，現為香港聯合國教科文組織的世界地質公園園區。島上海岸邊有各式各樣的地理現象，例如褶曲、結核和粉砂岩等，位於馬屎洲地質公園範圍內，有一條全長約 1.5 公里的馬屎洲自然教育徑，沿途能夠一一觀賞得到。往返三小時多，需留意天氣、潮水漲退，並帶備充足糧水。

若在假期前往，別忘記到訪在三門仔新村的大埔地質教育中心，這是香港首間以地質公園為主題的旅遊資訊及教育中心，介紹三門仔漁民的生活文化，以及周邊地區的生態和地質特色，並展出多件漁村文物和岩石標本。

交通
從港鐵大埔墟站乘搭九巴 74K 或專線小巴 20K 可往三門仔。

參考地圖
地政總署測繪處：《郊區地圖：新界東北及中部》

大埔海鴉洲

羊洲

馬屎洲

馬屎寵頭

爛火坑墩

「蚨蝶過崗」

牛寮頂

馬腰

嫠頸

「飽虎掌豬」

水茫田

鴉洲
(丫洲)

大埔海

大埔海鴉洲、鹽田仔與馬屎洲示意圖

⑬ 東涌觀景山背後的故事

　　現時乘車出入赤鱲角機場與東涌市鎮間，會經過大嶼山東涌一座小山丘，這是觀看赤鱲角機場全貌、俯瞰東涌市鎮的好景點，現稱觀景山。這小山丘不高，位處赤鱲角南端的白沙頭咀，上山段稱白沙山，涼亭位置土名「狗腩峒」。

從昂平纜車下望觀景山

約在 1991 年，港府為興建新機場，需要將赤鱲角全島夷平，大量填海以建設新市鎮。與此同時，新市鎮的施工遭到對岸礮頭村的村民強烈反對，他們認為東涌新市鎮的設計中，包括一條排放生活污水的明渠，這項工程會攔腰切斷該村一座酷似象鼻的山頭，破壞「象鼻飲水」的風水景觀。幾經商議，機場建築師特別要求保留此山丘作天然屏障之用，以保護東涌一帶的鄉村，減低噪音滋擾。當機場建成後，亦可用作綠色地帶，令景觀更怡人。

礮頭村與碼頭

同時，政府因應村民意願，在礤頭村鄉公所做薑符法事，消解村民的擔憂。道場法事是由道士進行，他們在七個瓦盆中唸符施咒，祈求伯公爺賜福安土，法事進行中全村齋戒一日一夜，直至功德完成後，瓦盆則搬移供奉於村口之伯公廟安放。

由於赤鱲角大量移山填海，影響在東涌以東新形成的海灣水流，可能造成一個環形淺灘及水質污染，故在赤鱲角機場與大嶼山之間，開了一條 200-300 米闊的水道，以增加新形成海灣的湖汐沖擦能力，避免污染出現。

今天站在觀景山上，怡然眺望四周，視野廣闊，還有昂坪纜車運作，上山方便得多。怎想到當年建新機場工程牽動環境評估，還包括飛機噪音、空氣質素、水質、海洋及陸上生態、考古及歷史遺蹟、土地利用的變遷，以及對社會民生不同程度的影響等問題。

觀景山涼亭

東涌觀景山背後的故事

延伸資料

近年政府廣植櫻花樹 80 棵，每年二三月櫻花盛開，有如櫻花大道般適合沿途觀賞。觀景台下有指示牌指示，上 880 級樓梯到頂，再沿平緩山徑到涼亭，留意途中並無補給站或公廁。

高處一覽無遺，可以看到香港國際機場跑道和油庫，各類型航機有序地起落升降。若日間時間多，可繞行山下的香港國際機場古窰公園及古物園。如選擇黃昏到山頂，也是觀賞日落的理想地點。

由東涌至觀景山上涼亭，來回緩行約一小時。回程只需原路折返東涌，或依指示過對面馬路經過油站（有洗手間），沿赤鱲角南路走，可以找到前往各區的機場巴士離開。

交通
從港鐵東涌站 B 出口，往昂坪 360 纜車站旁邊的遠東花園直行，盡處為公廁，沿公廁後方上行人天橋，左轉赤鱲角南路，沿機場緩跑徑行。

參考地圖
地政總署測繪處：《郊區地圖：大嶼山及鄰近島嶼》

⑭ 東涌棋盤石刻

　　雖然在港府印製的「東涌懷古」單張上，說 1980 年東涌碼頭附近小山發現一座廢壘，其實東涌村民早知它存在於荒莽荊棘裏。據云：昔年馬灣涌橋崩圮，地塘仔僧人曾於該處取石修築，橋名「彌勒橋」。

　　據地方志記載，清嘉慶二十二年（1817），兩廣總督蔣攸銛、阮元先後題准於東涌口建汛房八間、石獅山腳建砲台兩座，這次發現的只是砲台之一部分。炮台於 1983 年 11 月 11 日列為法定古蹟，稱為「東涌小炮台」。1991 年古物古蹟辦事處獲駐港喀喀工程軍團協助，將赤鱲角虎地灣岸邊發現的灰窰，搬遷至東涌小炮台鄰近保存及展示。

發現棋盤

　　石獅山背後另有略高的矮山，高 75 米，昔日草木不高，視野廣闊。自小炮台被發現後，少不免吸引遊人到訪並在四周蹓躂。1982 年 9 月，一位外籍人士在這山頂約 70.5 米高處發現一塊棋盤石刻，後被官方定名為「東涌棋盤石刻」。香港古物古蹟

① 彌勒橋舊貌
② 東涌小炮台

辦事處曾發表 208 個具考古研究價值的地點（2022 年修訂），它便是其中之一，排名第 166 位。同在表中，亦有「石壁（上）石刻」，排名第 155 位，是於 1962 年被香港大學考古隊在石壁山谷後陡峭高坡上發現，從上址下望，可睇石壁水塘全景。

地理位置

在 2022 年 3 月《am730》報章內，有一篇文章介紹在石獅山頂的「東涌棋盤石刻」，有謂這高 75 米的山與石獅山炮台的

東涌望峒頂棋盤石刻

小山相連，故稱石獅山頂。其實，在東涌炮台展覽中心有一幅示意地圖，介紹東涌小炮台、東涌炮台、侯王宮位置，據明顯所見的等高線，顯示這兩山是分開的。曾實地考察，矮崗是石獅山，中間山坳稱馬灣凹，再上才是 75 米高的望峒山。

棋盤石刻介紹

在〈香港大嶼山之棋盤石刻〉一文中，蕭國健對民間傳統的石子棋遊戲介紹如下：

石刻的棋盤分有走翻棋、四頂棋（六頂棋）、三棋（走三或捉三棋）。

東涌棋盤刻在一平整大石上，刻紋由三個同心正方形組成，一個套着一個，中央方形處有八道線條，以「米」字式向外

伸展，與其餘兩方形連接。每條線段均有三個交叉點，共有 24 個交叉點，即 24 個站，每站放一粒棋子。

當奕棋時，無須常備棋子，只需就地信手拈來細小的粒狀物體，如果屑、花生殼等，只要雙方所用的棋子不同，便可以在棋盤上對奕。

下棋的方法，因應棋盤上橫、直和斜線上都有三個交叉點，只要一方的棋子，能在一線上同時放下三枚棋子，便可以隨意把對方一隻棋子吃掉，因此在下棋時要盡量設法堵塞交叉位，使對方不能把三枚棋子連成一線。這種「捉三」棋藝，新界多處土著稱之為「走囲咳」。

這可能是民間傳統的石子棋遊戲，屬草坪上放牛牧童的玩意，反映出鄉村生活的傳統文化，可惜今天已漸被遺忘。至於在望峒山上所見的東涌棋盤石刻，有學者認為該位置可俯瞰大嶼山北面海岸，故疑為當年放哨士兵休閒時下棋的棋盤，這點有待專家查證。

其他棋盤石刻的紀錄

棋盤石刻的年代或不甚久遠，在香港境內相信仍有不少。根據筆者私人資料記載，在香港西貢海下村東風石、大埔汀角村、橫七古道（水泉崗）、松柏塱村、大嶼山昂平獅子頭山（大佛右側的山崗），以及大嶼山水口半島耙灣坳（從水口村南通蘿箕灣東鄰的小灣，北為塘福廟灣）均有紀錄。

延伸資料

據聞港鐵東涌線的伸延線或會在該區建成，屆時景貌將大變天，目前山上有行山徑建造工程正在開展。趁有假期，可閒遊小炮台（石獅腳炮台）、東涌寨城、赤鱲角石廟（天后宮）及具有懷舊古村風味的馬灣涌村。

參考地圖

地政總署測繪處：《郊區地圖：大嶼山及鄰近島嶼》

⑮ 香港求雨、祈雨地點

　　二十世紀初，本港曾發生多次嚴重旱災，直接影響市民生活與生計，連政府亦無計可施。各籍居民聯同中外宗教人士發起求雨活動，各師各法，形式多樣，均祈求上天憐憫，解救眾生苦難，堪稱奇觀。直到七十年代，港府從廣東省購入東江水，才得以徹底解決本港水荒問題，各種求雨活動也趨於式微。

　　2018 年 3 月嗇色園與珠海學院香港歷史文化研究中心合作，舉辦「首屆華南地區歷史民俗與非遺」國際學術研討會，在黃大仙祠鳳鳴樓禮堂內安排分組演講，其中有一節由香港史學會總監鄧家宙演講「香港地區之求雨活動」，大概簡介本港所見與求雨相關的神靈信仰與祭祀活動，以及旱患時期各大宗教如何藉求雨活動撫慰信眾。

　　因時間限制，講題難有詳盡發揮，卻引起我的興趣。近數年間嘗試續尋本土求雨、祈雨活動的地點和儀式等資料，以作田野紀錄的補充。

　　祈雨是一項歷史悠久的儀式活動，甲骨文中就有祈雨的記載。在以農為本的社會中，雨水的豐盈與否，直接影響人們的日常生活及農業生產成果。祈雨儀式由法師設壇，祭石求雨，這是

人們基於對自然狀況的未知性所出的反應，帶有敬畏自然的心態。晚清《點石齋畫報》中的求雨風俗跨越古今中外，內涵豐富，畫報圖文兼美，具有獨特的文獻史料價值，值得參考。

回顧過往，香港道堂曾為旱災祈雨。在 1955 年夏天，乾旱歷時兩月，通善壇、龍慶堂與善慶洞特同時發起「祈雨法會」。1963 年大旱，本港實施每四天供水一次，荃灣玄圓學院舉行七日七夜誦經求雨；六合聖室弟子於干諾道西斗室內得呂祖先師指示，設七星祈雨壇祈雨 ❶；佛教正覺蓮社亦舉行放生大會。此外，佛教界亦於 1963 年 5 月 26-28 日發起「香港佛教同人聯合祈雨大會」，法壇設在馬會公眾棚（今稱公眾看台），並在正門牌樓左右懸掛「祈求甘霖早降澤，一心稱念大士名」。明常、茂峯、體敬、海山、聖懷、覺光等共百多名法師及五百餘僧尼參與法會，共結善緣。港澳天主教亦通令各教友，祈禱求雨。

透過多年行山閱歷、村民口述及前輩的紀錄，香港求雨地點有以下數處之多：

上水大嶺

近稱華山，有祈雨碑，上有刻字，分別為「興雲降雨之神」、「維嶽隆神」、「道光己亥年」（1839）、「歲貢廖有容」（上水廖族），頂部書「大嶺」。

1963 年夏季恰逢乾旱，香港《工商日報》於是年 6 月 3 日刊登一篇文章，記錄了上水鄉村二百餘名婦女，於梧桐河畔的大嶺山頂設壇祭祀求雨的珍貴過程：「先是在石碑前，插下一棵

①

②

① 上水大嶺求雨碑
② 昔日上水鄉民在大嶺祈雨的情景

（數尺長）青翠綠竹（懸有紙製商羊及紙旛），碑前供奉七頭燒豬、鮮花、三牲禮品菓物，及六桶（貼符）清水，繼而敲起銅鑼皮鼓，恭請比丘尼誦經唱咒作法儀軌，口中唸唸有詞，有時以手作勢，哀求上蒼早降甘霖，不時口含一啖清水，時飲時噴……」據稱法事進行不久，便天降甘霖。《北區風物志》（北區區議會，1994 年）中，也收錄了有關圖片。

元朗雞拍嶺或求雨嶺

元朗鳳降村背後小山稱雞拍嶺，厦村視之為求雨嶺。約六十年代，坊間有篇文章，標題為「厦村求雨嶺，舊俗求雨的儀式」，作者署名「雙梅屋主」。內文撮要：厦村鄉每次求雨，會在求雨嶺頂插一枝白旗，大書「祈求雨澤早降甘霖」八個黑字，又在山下土名蒲上地方，蓋一座葵棚，中設三清道祖聖像，正一道士（俗稱喃巫）在中燒香作法，村中紳耆虔誠叩拜，持齋沐浴，不得怠慢。（按：每逢厦村十年一屆的太平清醮，緣首們分三路請求雨嶺、大頭山、靈渡寺［香港三大古剎之一］的「萬萬歲」、輞井圍玄關北帝，以及鄧友恭堂列位神祇到醮場坐鎮。）

元朗十八鄉公庵

又稱禪師寺，相傳於清順治年間（1644-1661），鄰近塘頭埔一位張姓村民上山採藥，後來被發現在一石窟中坐化，其身經久不腐，鄉人驚以為神，乃建寺塑像瞻拜。後來漸以求雨著名，鄉民亦篤信之。

打鼓嶺山雞乙（窟／笏）村螭蝶石

村背後其中一山脊上有巨石，從該風水石上山是華山俗稱的萬里長城（軍用馬路），右去大嶺（華山）及杉山，左去馬頭峰及松山。

沙頭角蓮蔴坑村

蓮蔴坑村曾有祈雨儀式，清末時葉氏聯同全鄉村民和法師上紅花嶺設壇，向天公上表祈求降雨，其禱文中有「久晴無雨」、「天晴求雨在紅花嶂吟」、「天旱求水表」。天降甘霖後，法師上「謝雨表」，酬謝上天。

粉嶺龍躍頭求雨嶺

在小坑新村附近山坡。小坑新村原名上圍村，全村姓李，在日佔時期，日軍為了方便打理而改易村名。

粉嶺龍頭石

《新界風土名勝大觀》（商務印書館〔香港〕有限公司，2016 年）載：「龍頭石在水門山之北，近鶴藪村，狀如龍頭。遇天旱，土人向之祈雨，頗著靈異云。」但就現實環境看，水門山與鶴藪村相距有一段距離，而龍頭石的位置則暫時未有資料，聊以備考。

大埔頭

　　大埔頭登山向西北，經桔仔輋後折東北緩升，串連楊梅山、紅岩頭山、求水峒、雞麻峒，直達 440 米高的九龍坑山頂。

廈村求雨嶺

舊俗求雨的儀式

雙梅屋主

廈村有求雨的舊俗（見《新界周報》，1961 年 12 月 16 日）

求水峒以下，地勢較低的一列狹長山脊，有個風水名稱叫「雄雞打翼」，稍高處分別豎立 "FLO84" 及四合堂山界等石碑，此外還有大埔郊遊徑的指示路標。沿衛奕信徑第八段上行，可俯覽康樂園，以及縱貫粉嶺公路交匯處至沙頭角公路交匯處的龍山隧道出入口。

大刀岌之求雨峒、求水峒

因八鄉苦旱，嘗禱禮於此。自林村坳始，南大刀岌有孖仔峒（又稱求雨峒），北大刀岋主峰高 480 米，西面神台嶺高 506 米，西有兩峰，為「求水峒」，前導油柑坑。

沙田神山

指沙田車公廟後山，據清嘉慶王崇熙《新安縣志》記載：「神山在縣東九十里，瀝源村下有車公古廟，山頂有石壁立甚高，土人祈雨於此。」

西貢屋頭村求水坪

已故旅行家李君毅所著《登山臨水篇》（荒凝止息工作室，2019 年）中有一篇〈十路上嶂上〉。取道屋頭村求水坪附近上山，是十路中最短又最快到達嶂上的路徑，現為西貢西郊野公園高地鄉村之一。

註釋

①

摘錄自游子安〈香港道教送瘟祈福法會及其辟瘟經文〉。
據云：經歷了七日七夜求雨，其間眾人不吃不喝，齋戒沐
浴。在求雨三四天後天氣漸有微雨，至呂祖誕當天、即祈
雨第七天終現傾盆大雨。這次祈雨促使六合聖室往後更堅
定做好普渡的工作。

16 礁石為歌，航燈指路

早於七十年代，個人行山堅持前輩所謂以安全為要，即使走過香港很多山嶺、綱邊，攀登或涉獵海崖荒島，也很節制，不像現時外間般激進，也不會輕易挑戰高難度的活動。行旅之中，亦汲取一些行山經驗，如利用一條毛巾或一對勞工手襪，臨時應變，放在濕滑地方，踏步時可解厄困（視實際環境而定）；靠岸接應駁艇上的行友上落時，切忌站在艇首前，以防艇身受海浪迎面沖擊，致撞向胸口。

在荒山之巔，如見到山上的測量墩（見第 22 篇）或屹立在懸崖和海島上的導航燈塔，會特別高興，皆因山野無文，眼前有人跡可尋，既可作道途指引，另外視野必佳，亦可為觀景之處。它們非天然而成，乃經人手攀山涉水，尋找合適地點方才建造，故日後維修，殊非易事。

那些年香港的燈塔資料非常匱乏，個人力量亦有限，只能斷斷續續收集。後來得知海上導航建築物體或建築物原來均由土木工程拓展署負責，再交特區政府海事處管理。

昔日海事處在九龍佐敦碼頭附近，擺放有航燈用的輔航設施及繫泡，以便維修，現移放昂船洲上。輔航設施旨在協助船隻安全航行，其中最常見的是燈浮標（俗稱燈泡），分有繫泊浮標、特殊浮標、安全水域浮標、緊急沉船標誌浮標，主要在香港水域、航道、特別區域（例如錨地區、限制區或海岸公園），分佈廣泛，為航海者提供導航及航行資訊。

礁排石角　危機四伏

　　1994 年認識到一位姓黎的水警高層，閒談中得悉一些在香港的航海知識。水上人稱排成行的礁為「排」；孤獨一塊的礁石為「石」，又臨近海邊的大石也稱為「石」，突出海邊的山稱為「角」；有時會為特別起眼的石和角取名，作為辨認方向和位置之

① 大嶼山愉景灣外的烏蠅排（附近為坪洲）
② 編號 195 的龍山排導航燈（背後為東博寮海峽）

用，即所謂「認石角」。利用地形特徵如主要山峰和山坳，以自然坐標來界定位置的方法稱為「睇山口」。

　　礁石又分有明礁（平均大潮高潮仍露出水面的孤立礁石）、乾出礁（也稱海礁，是海岸線與大潮低潮界的礁石地帶，即潮浸地帶，有時蓋沒，有時乾出）、適淹礁（在海圖上深度基準面處剛好被淹沒的礁石，在高潮、低潮或半潮時適淹的礁石）、暗淹

②

沿海岸多
光滑礁石

礁（隱在水面以下的岩石，其上水深在海圖基準面下兩公尺或不足兩公尺）等。礁石散布不一，危機四伏，駕船者很難認出所有位置，除憑個人航海知識和經驗外，航海圖詳細的記載幫助最大。如今，大多數船舶依賴電子海圖顯示與信息系統（ECDIS）和全球定位系統（GPS），以確定船隻的位置，航行因而變得更為安全。

　　海上航行最怕遇着觸礁，輕則擱淺，重則使船艙入水和傾覆，所以駕船者須經考試領得牌照。

礁石為歌　辨認地方

　　五十年代，香港水警需要接受航海知識訓練，其中一項是辨認海上礁石位置，範圍以維多利亞港為主。當時有一位綽號「鴨仔」的水警警員，在受訓期間，為使學員容易記憶，便作了

以下這首礁石歌：

紅球 ① 白排 ② 老鼠排 ③ ，

紅磡對開黑士敏 ④ ，

姊妹 ⑤ 銅鑼燒炮角 ⑥ ，

灣仔西環夜鏡座 ⑦ ，

昂船南、昂船北，荃灣青衣交椅洲。

六十年代，土地需求殷切，港內發展填海工程，上述大部分礁石已經消失。當年作歌的水警，已屆 60 歲，過着退休生活，現時也許作古了，而防觸礁法亦隨着時代改變。

想不到事隔多年，喜見由黃天、景祥祜、楊宏通主編的《燈塔絲路紀行：港澳篇》（中華書局〔香港〕有限公司，2023 年）。

銅鑼灣燒炮角，即現時怡和燒午炮處。（李偉權攝）

書中表明是編輯團隊製作，內容豐富得多，附有港澳歷史燈塔分布示意圖。不過限於篇幅，對導航燈着墨不多。記得已故香港掌故專家魯金曾說過研究香港燈塔是不夠的，故提出「香港導航燈塔」的概念，包括燈塔和導航燈。相比梁榮亨的《賞遊香港燈塔》（友晟出版社，2019 年），書中除刊載五座列為法定古蹟的燈塔外，還介紹了 78 個有特色的導航燈塔，27 個造型簡單、僅有柱狀的導航燈標，以及 112 個分布於香港境內各地碼頭的燈柱。

　　2021 年香港海事博物館與香港城市大學為「燈塔古蹟保育研習實踐」項目合作，舉辦一系列以燈塔為主題的特備節目《夜航明燈：香港港口與燈塔》，重現燈塔百年滄桑，並回顧香港的海洋發展史。

編號 62 的燈籠洲燈塔

編號 86 的港島南銀洲導航燈

 礁石為歌，航燈指路

航燈指路　光明正途

　　對航道構成危險的礁石，海事處會按實際環境設立指航標，例如滘西洲與糧船灣之間的老虎吊排，有兩個半圓形物體，顯示有孤立的障礙物，沒有照明，只用於日間標誌，與九龍石和沙田水警北總部對開海面的航標，款式一樣。至於橋咀洲的橋頭，有編號 182 的導航燈塔一座，與前者不同，具有照明作用。在 2000 年，香港境內大約有 270 多座導航燈塔。

　　假若乘船由西貢往甕缸群島，多數取道橋咀與吊鐘洲南端水域。海面有數處散開的礁排，由西至東有旺灣排、吊鐘排（單

編號 179 的沉排導航燈（背後為峭壁洲沙塘口洞）

排）、孖仔排和沉排。後者半淹水裏，風高浪急下，從捲起的白浪中，明顯可見有礁排存在着。

另外帆船比賽如白沙灣遊艇會的牛尾海帆船賽、香港警察帆船會帆船賽等，也會經過上址。航程自白沙灣出發，經牛尾海水域、大小癩痢洲，繞過橫洲、三洲門進入糧船灣海，再經匙洲門、沉排回返牛尾海。

因沉排會妨礙航道，八十年代海事處便在礁石上建立一支柱形導航燈塔，編號為 179。大概因為受到巨浪沖擊引致柱身生鏽，該編號逐漸變得模糊不清，1994 年時見到情況更壞，整個燈柱不見了，只餘台基。沒有了航燈指引，海上觸礁危險大增，幸好在通報後，海事處隨即緊急搶修。

沉排以北，相距大約 300 公尺，便是吊鐘洲南岸，崩崖處處，有突出岬角，形似金魚尾。附近距西面不遠處，又有天然海蝕洞稱吊鐘洞，兩者均值得歷奇探險者一遊。

捨易取難，可以取道旺灣，溯坑直上，再跨山坡急降吊鐘洞。又或從長灣的水坑行至企山坳，望向沉排一方的山坡去，便會找到金魚尾的稜脊。兩線均路途崎嶇，須由有經驗人士帶領並配備繩索，方可安全進行。

旅行史最早踏足吊鐘洲山嶺的記載，有跡可尋是在 1973 年 10 月，長風旅行隊曾在滘西洲之東北端掘頭氹登岸，傍着島的東部向南循勢絪邊或縱走，經過蜈蚣瀝、雞門笏、執毛灣、滘東灣落滘西村，輕舟渡滘口門（水退可涉渡），於泥鯭埔登陸，跨吊鐘大山而趨「絲線吊金鐘」（或稱「浪打金鐘」，近人又以「金魚擺尾」或「吊鐘拱門」稱之）。回程取道企山坳、吊鐘大山落

①

滘水寮，返回滘西村坐預約街渡回，航經神仙井山、鸕鶿排、鮑魚角返西貢。（按：鮑魚角在滘西洲西北岸，1976 年有香港史前時期的石刻被發現，現列為香港法定古蹟之一。）

　　舉辦這行程實不易為，整條路線遙遠，途中需作攀涉，上山下坡，沿途有部分地區無明跡可循，又要事前安排艇家接應，何況那年代的通訊設備尚強差人意。後來因香港賽馬會撥款 5 億港元在西貢區滘西洲興建一個向公眾開放的高爾夫球場，這路線遂成絕唱。

②

① 吊鐘拱門（黃志強攝）
② 金魚擺尾（黃志強攝）

延伸資料

文中提及銅鑼灣燒炮角或一些導航燈設備，以下推薦相關
地點，以供參觀：

1. 怡和午炮

由港鐵銅鑼灣站 D1 出口，穿過世界貿易中心出口後轉
左，在旁邊的小巷沿樓梯往下走至世界貿易中心停車場的
隧道。依指示穿過隧道後即到達銅鑼灣避風塘，可以望到
怡和午炮位置。

怡和午炮負責儀式的禮炮師會於每日早上 11 點 45 分來
到。直到 11 時 59 分，禮炮師會先敲四下鐘，之後裝好炮
彈並調整發射角度，到正午 12 時發射。完成後，禮炮師
會再敲四下鐘，宣布儀式完結。

2. 香港海事博物館

博物館位於香港島中環 8 號碼頭。

3. 西環卑路乍灣公園

公園以航海為主題設計。位於香港堅尼地城海傍 38 號對
面，港鐵香港大學站 C2 出口。

註釋

①

紅球在九龍灣對開。後期跟進,這是九龍灣對開海面的「九龍石」。石上有固定信標,為航標設施之一,頂端有球形標誌,用來引導航行線。六十年代,九龍城海心島與土瓜灣相連,成為海心公園。該石看似更近岸邊,在行政上歸入九龍城區

②

白排又稱牙鷹排,今天所見藍塘海峽中間,建有導航燈塔,編號 91。

③

老鼠排位於觀塘碼頭對開。又稱老樹排、老水排。據網上記載,是昔日位於港島白沙灣南方海角的礁石群。此礁石最早出現於 1841 年英國國防部的香港地圖,當時並未有名稱,直至 1907 年的地圖。在 1975 年柴灣北部填海工程中,西南礁石遭填埋,由原來的三塊變成兩塊。

④

黑土敏石在紅磡對開,即以前的林士石(Rumsey Rock)。後來紅磡灣經過多次填海後填平。

⑤

指七姊妹道北角消防局對開的礁石。

⑥

銅鑼灣渣甸燒午炮地點，在奇力島與銅鑼灣避風塘之間。

⑦

西環入口（即青洲對面）雞籠環附近，水上人稱夜鏡台為
燈座的左面。

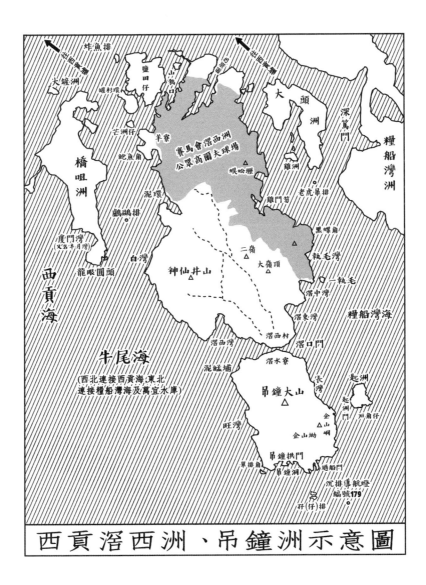

西貢滘西洲、吊鐘洲示意圖

⑰ 認識新界地名的 抗戰漁歌

　　抗戰期間，廣九鐵路運輸線被抗日游擊隊截斷，日軍急開了兩條海上運輸線，一從香港到汕頭到台灣，一從香港到菲律賓。其間，日軍巡邏艇每天在龍船灣、塔門、吉澳、南澳、沙魚涌、鹽田、東坪洲一帶海面游弋，搜索可疑船隻。幸好有東江縱隊港九大隊派出兩支海上中隊專門對付，伺機伏擊。東側一支在澳頭一帶活動，以劉培為大隊長，活動範圍是大亞灣至汕尾一帶。西邊一支由蔡國樑為大隊長，活動於西貢龍船灣、坑口、果洲島及大鵬灣一帶。此外，游擊隊責任重大，在接送文化人和民主人士方面傾力而為，還負責接運槍枝彈藥、護商撤僑。

　　游擊隊為適應船上生活，須先配合嚴格海上訓練 ❶，有首漁歌是根據當地漁民的廣東鹹水歌改編而成，歌詞將沿岸地名和環境串聯起來，以便作戰游擊隊成員熟悉沿岸港灣的特點：

　　黑岩岩，黑岩岩，黑岩行過有個打落灣。
　　打落灣呀風仔猛，行過有個鵝公灣。大鵝公、細鵝公，日頭一出打東風，拾起錨來，扯起帆，一帆駛到獨牛公。
　　大獨牛、細獨牛，頸渴搖埋（靠近之意）牛食水，肚餓又有

飯盞（蒸飯工具）洲。

大白納（即大白鱲）、細百納（即細白鱲）、冇風駛航悝打

叶（摺）呀…… **2**

① 大鵬灣獨牛公（現稱石牛洲）
② 白鱲村外的木棉洞、花山、飯甑洲海岸

①

②

編號 178 的飯甑洲導航燈（相對着的是醬棚角咀）

註釋

①

游擊隊的海上訓練，亦包括陸地的體力勞動，如上山砍林、單杠、跳高、跳遠等，並需學會過船、跳船，以及戰勝暈船、嘔吐等難關。除練習射擊外，他們還通曉搖櫓、掌舵、投放魚炮、觀察氣象等一套海上知識。

②

來源自行船歌《大星與小星》，「黑岩岩」，意指位於深圳市東南的黑岩角。「打落灣」應是眾人所稱大鹿灣的正式土名，位於深圳市大鵬半島東南部最南的一個海灣。「大鵝公」、「細鵝公」是指離打落灣以北不太遠的鵝公大沙灘。「飯盞洲」（即甑洲、飯甑洲），位於近萬宜水庫之東壩外，即浪茄灣東面罾棚角咀對開數百米的小島，礁石上建有導航燈，編號 178。

讀者如有興趣，也可參考漁歌《大船拋住沱濘頭》（原曲名《東路程》）。

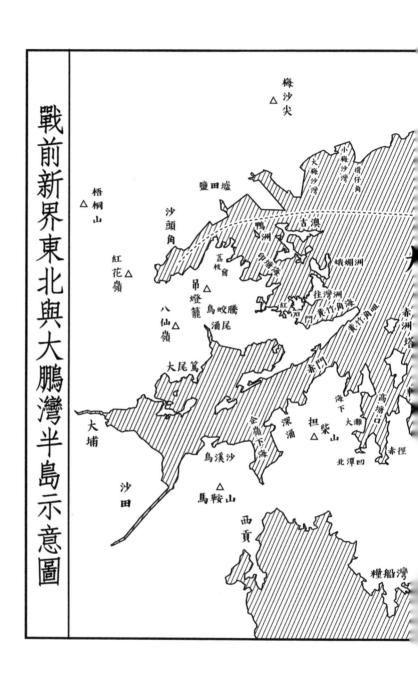

戰前新界東北與大鵬灣半島示意圖

(18) 港九大隊
在紅石門設稅站

　　紅石門是新界東北印塘海南面的一條狹窄水道，位於往灣洲老沙田南岸與橫嶺東北的海濱之間，兩旁岩石赤紅，特別耀眼。1978、1996 年分別納入船灣郊野公園及印洲塘海岸公園，是指定的海岸公園及海岸保護區。

　　紅石門位置僻遠，環境寧靜，是適合行山或水陸兼程的旅行景點。此地曾有段與抗日相關的事蹟。話說 1941 年日軍佔領香港，廣九鐵路的英段停運，食物貨品運輸頓現困境。市面出現十室九空的現象，而且米珠薪桂，覓需艱難，每日只得捱六兩四米。精壯有氣力者，遂冒險走私，其時大陸所缺乏的物資為石油、火水、火柴等，走私就以此類貨物為大宗。私貨大者以船運載，小者則以人力擔運。海上走私者，沿途因有游擊隊掩護，除險遇日軍之「電扒」檢查外，其他不用擔心。

① 紅石門舊水閘口
② 紅石門海岸

①

②

港九大隊在紅石門設稅站

深圳沙魚涌

　　深圳沙魚涌便成了與香港等地海外交通的重要港口，距離較近的紅石門，則成為一個重要渡口，許多客商、巡城馬、村民從紅石門那裏乘船到大梅沙、小梅沙或沙魚涌作交易。為了向部隊提供錢糧，游擊隊在那裏開設稅站，向途經商人收稅。收稅方式有兩種，一是在各個路口插上一支小旗，旗下擺着一塊白布，讓商人自覺交稅，多少勿論；二是派人護送商人，使其免受土匪的搶劫或勒索，或在海上派船護航，再收回護送費。打擊日軍、漢奸、土匪的戰利品，以及緝私得來的商品，也是其稅收來源。游擊隊會利用稅收所得，購置槍支彈藥及其他物資，送回寶安總部。

　　此外，游擊隊積極幫助商人引進一些生產用具和工業日用品，從而發展游擊區，改善人民生活。因為在日佔期間，日軍在

經濟上實行封鎖，對於糧食、生油、生鹽等食品，實行核定人口，定量供應，企圖報復，以飢餓政策使游擊隊陷入困境，無法立足。故此游擊隊需透過商人、漁民之助，到內地採購糧食、油料、豆類、糖、山貨、藥材等到新界交易，再買些日用品、棉紗、布匹、衣服、火水、西藥等運往觀瀾、淡水、坪山、惠陽等地出售，解決內部和群眾的需要，同時增加部隊的收入。

當時其他稅站還有沙魚涌、南澳、平洲、西涌、西貢、吉澳、上下涌、伙頭墳、疊福、滘西、塔門、龍船灣、高塘、南石頭、坑口、元朗等。（按：部分內容摘錄自徐月清所編的《活躍在香江：港九大隊西貢地區抗日實錄》〔三聯書店（香港）有限公司，1993 年〕）

作戰用的木船

延伸資料

1. 前往紅石門宜在秋冬季節時，從烏蛟騰出發，走橫嶺觀音峒。路線較長，需帶備充足糧水。

2. 以下水陸兼程路線較為輕鬆：

a. 馬鞍山海濱長廊有乘渡輪服務，由聲威實業有限公司開辦，逢星期二、四開設「荔枝窩村水上巴士暨綠色水上生態遊」。欲瞭解該航線、起終點等資訊，宜參考其 Facebook 或網上消息。經紅石門，隨船有導遊免費講解。

b. 預約快艇往紅石門。從黃石碼頭出發，往黃竹角咀海，可順道觀看鬼手岩，其為香港世界地質公園重點地標之一，已有四億年歷史。經烏洲塘進入新界東北印洲塘海岸公園，可瀏覽紅石門、長排頭、大水湖、鹹魚埕、乾門咀一帶風景，沿岸並可欣賞赤紅色岩石。水退時可選乾門咀堤壩登岸，尋訪荒廢的紅石門村，憑弔昔日的抗日據點。

坐艇注意事項

1. 平日入黃石碼頭，只有由西貢開出的 94 號巴士，宜留意搭車班次。

2. 如租艇，應與艇家先溝通好價錢及往返地點，不要超載。

3. 全程無補給，必須自備糧水。

4. 上落快艇，不要爭先恐後。

5. 在艇內拍照，不要太忘形，以保持艇身平衡。

6. 行進互相照應，安全至上。

7. 自己垃圾自己帶走。

8. 不要破壞大自然生態。

參考地圖

地政總署測繪處：《郊區地圖：新界東北及中部》

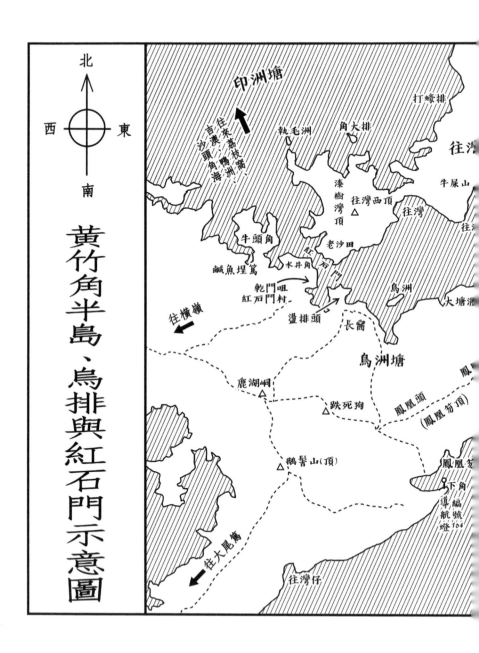

黃竹角半島、烏排與紅石門示意圖

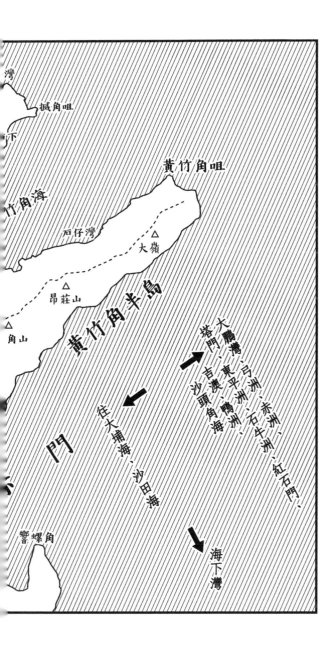

部分資料參考自黃岱峰《黃竹角、虎頭沙半島、橫嶺及船灣淡水湖》全圖（1994年），原圖資料豐富，限於篇幅，未能盡錄。

港九大隊在紅石門設稅站

⑲ 船灣北岸坭塘角

大尾篤東部、船灣沿海北岸，自西至東，依次為涌背、礖頭窰、涌尾、坭塘角、橫嶺頭、橫嶺背（大隴）、金竹排、大滘、小滘。昔日均屬沙頭角十約的南沙洞，村民生活圈以沙頭角墟為主。船灣各村都有小碼頭，對外交通方便。然而當吹東北風或北風時，海面有白頭浪，不宜駕艇，得從村後山徑通往烏蛟騰、三椏涌、户洲塘、紅石門。船灣村民不但懂耕種，亦兼營漁業，最擅長的是採帶子 **❶**。

1899 年港英政府接管新界後，行政幾番變動，最後以上地方歸納入大埔區的船灣區。五十年代在坭塘角有公立育群學校，大滘則有公立三光學校。

帶子鉗介紹，見於大埔三門仔環保協進會大埔地質教育中心。

帶子鉗
Scallop clamp

漁民從鏡盆觀察海床貝類的位置後，利用帶子鉗收集。
Fishermen use glass button basin to find scallops on the seabed and collect them using a scallop clamp.

船灣北岸原有六村已沒入淡水湖中（尹兆江攝）

六十年代由於港府決定興建淡水湖水塘，因工程範圍所需，要把船灣區的涌背、涌尾、橫嶺頭（包括橫嶺背）、金竹排、大滘、小滘等六村的土地收回 ❷，並在大埔墟廣福道海旁新填地，興建 13 座、每座四層高的新型樓宇，安置這六村 145 戶，共 1,150 名村民。

至於坭塘角何解沒有記載呢？曾請教多位有識之士，他們覺得有可能是村民漸少而廢；又可能是早與其他村合湊，人數多好照應，且搬村時可有好分配。

當時以金竹排、大滘、小滘稱上三鄉；涌尾、涌背、橫嶺頭（包括橫嶺背、大龍、坭塘角）稱下三鄉。

六鄉客家村落，除金竹排是王氏外，涌背、涌尾、大滘、小滘均是李氏，從烏蛟騰分支而來。以下這些族譜在香港中文大

從橫嶺馬頭峒俯視船灣淡水湖，山下是從坭塘角過來的橫嶺頭，遠景為鵝髻山與虎頭沙半島。（李偉權攝）

學圖書館可供參考：《大滘村李茂桂家族譜》、《小滘村李祖茂家族譜》、《涌背村李良發家族譜》、《涌尾李氏族譜》、《涌尾李捷登家族譜》、《寶安縣船灣涌尾李氏族譜》、《坭塘角村李開魁祖家族譜》、《橫嶺頭村李景茂家族譜》。

坭塘角今成地名，已甚少人提起是否有村了，不過在抗日期間，曾發生兩宗與游擊隊有關事宜：

第一宗：小交通員嚴重槍傷被救

1943 年 3 月 3 日下午，烏蛟騰村港九獨立大隊交通站收到訊息，指日軍出動近百人，兵分三路：一路由馬尾下經龜頭嶺前進，由高處向下而去；一路由南涌直上，正面進攻；一路由谷埔經鹿頸、七木橋，前往沙頭角區南涌老龍田案台山（晏台山

是誤稱），攻擊港九大隊政訓室駐地。為此消息，隊目遂派出小交通員鐵沙梨 ③，急往通知駐守在七木橋村的游擊部隊馬上轉移。可惜路上有阻滯，為時已晚，政訓室已與日軍展開激戰。事務長曾福、邱國璋、符志光三人在激戰中犧牲；彭泰農、陳冠時、陳坤賢受傷被俘，後被殺害，史稱「三三事件」。

在激戰中，鐵沙梨被打中三槍，身負重傷。後來逃出生天，艱苦地爬到不遠處的橫山腳村，得村民幫助將他送至坭塘角，再由石水澗村的林戊、林傳 ④ 叔侄二人開交通船送去西貢深涌（交通站），轉至赤徑（港九獨立大隊大隊部），再轉送廣東省惠州的惠安醫院救治。經過半年多的治療，鐵沙梨才傷癒歸隊，但仍不忘初心，繼續抗日。

第二宗：摸黑送棺木

因為日軍掌握了游擊隊部分分布情況，進行反覆包圍掃蕩，又在海上的吉澳島派駐軍隊，切斷港九大隊與司令部的通訊往來。為此，沙頭角中隊決意解除這島上據點，出動游擊隊約 15 人，編成兩個戰鬥小組。

在行動中，隊員張立青中槍受了重傷；日軍亦受襲擊，驚恐逃去。張立青被同伴急送回石水澗，惜因流血過多，又缺藥物治理，終於失救而死。組織派人開船到大埔買了一副棺木回來，待天黑後才由坭塘角將棺木運回石水澗，再將張立清埋葬在石水澗村對面的山崗上。

此役為港九大隊解除了日軍在吉澳的威脅，並提高游擊隊的聲望，紅石門與大小梅沙的稅站亦告恢復。

註釋

①

早年採帶子用的都是原始工具，在竹桿末端綑上可開合的鐵爪。要採深水帶子，更要把兩支竹桿綑成一根長長的器具。把竹桿插進海底，憑經驗感知到有帶子，便以鐵爪抓上來。整個過程，既講求技術，更講求體力，畢竟要把一根長竹桿插進海底，絕非易事。

②

據 1996 年的剪報資料記載，當時新界社團聯會會長李連生表示，他們為大局着想，不惜遷離原居地，搬往大埔。政府收購住家的屋地和建田地合約一畝地，但以每平方呎兩毫的價錢計算，一畝約相等於 7,200 多平方呎，折合賠償額不過千多港元而已。

除了政府收地賠償額少，還有丁權問題。原來當日除了現金賠償外，政府還給每名年滿 18 歲的男丁各賠償樓宇一層，而丁權則不再獲發，無形中將丁權剝奪。

③

鐵沙梨原名溫觀友，是新界沙頭角榕樹凹村民，因家庭貧窮，被逼到梅子林村放牛餬口。1942 年 10 月加入港九獨

立大隊，時年 12 歲，因體型個子小，面黝黑如水果沙梨，加上機智勇敢，故有「鐵沙梨」的雅號。

④

年僅 15 歲的林傳於 1942 年加入港九大隊，與年逾半百的叔父林戊協助游擊隊送信及接送人員往來。林生是林傳的哥哥，抗日戰爭期間為保衛電台和游擊隊訊息，被日軍綁在樹上活活打死。林家的五間房屋亦被日軍放火燒燬。

㉟ 旅行界與山界的區別

　　旅行遠足，很早已成為香港市民在假日普遍的康體活動。追溯源頭，由興起至流傳及今，卻是由一群毫不顯眼的民間團體「旅行隊伍」所促成。藉着 1997 年香港回歸的歷史時刻，筆者曾有幸參與香港旅行遠足聯會編印《1932-1997 香港旅行隊伍進展里程》紀念特刊一事，旨在於機會難逢的年頭，匯集首份較有系統的旅行隊伍名錄，記錄各組織及時代進展等，以達承先啟後的作用。其中有一篇是由我所寫的〈旅聞紀事〉，介紹幾個年期的轉變，以及與當時社會背景和旅行動態的關係。

　　事隔多年，因坊間近年流傳山界一名，讓我產生探討旅行界和山界區別的興趣。茲繼續前緣，嘗試續寫 2000 年後的社會因素，如何令香港旅行風氣有所轉變。

何謂旅行？

　　旅行，為體育模式之一，也是文化休閒的良好活動。透過遊覽、參觀或行軍等形式，利用步行或各種交通工具去完成。旅行能增長知識，擴大眼界，鍛鍊身心。記得已故山海之友總

①

②

① 行山
② 橫山腳下的行友（約攝於 1976 年）

旅行界與山界的區別

領導、千景堂主李君毅曾說過：「凡從甲地到乙地，以求樂、求知、增廣見聞為『目的』的，都叫旅行。」

旅聯、郊聯分別成立

在六十年代，一般工友在業餘時間除玩球類、騎單車、划艇、下棋等活動外，最喜歡遊山玩水，但該年代政府機構並未有完善推廣這種經濟實惠的旅行活動。後來為紓緩 1967 年暴動後的社會情緒，港府舉辦了各類型活動鼓勵市民參與，以增強香港

香港旅聯成立舊聞

人對社會的歸屬感，很多私人洋行、工會、社團均發起各自組織旅行隊，於假日遊山玩水。

那年代對參加者一般都稱為「行友」，後來香港旅行界聯會（簡稱旅聯）成立 ❶，此後旅行隊群眾通稱為旅行界一份子。「旅行」一詞被選用，源出於六十年代學校普遍都會舉行「全校秋季旅行」活動；至於坊間有時用「行山界」，只是坊間民眾對郊野活動的統稱。在 1989 年 4 月，另一個與旅行組織相關的香港郊野活動聯會（簡稱郊聯）成立，並註冊為非牟利團體。

旅行隊典範

芸芸旅行隊或團體中，除庸社、健社外，還有很多出色隊伍，例如白象、長征、正剛、奇萊山友、冬梅之友、雄鷹、長風、勞青、秀峰、山林、晨暉等。其中長風旅行隊的活動屬免費服務性質，旅行則聚，事畢即散，其他服務概不涉及。

「風之為物，雖無實有，雖弱猶強，乘長風破萬里浪，氣勢豪放」，正是長風起名之意。自 1972 年起，長風旅行隊以提倡境內旅行為宗旨，遊程方面力圖創新，多姿多變，寓鍛鍊耐力、膽色、機智、刻苦、遇事應變及互助精神於遊山玩水之途。另會介紹名勝古蹟、風土文物和地理環境，為「旅行」增添學術性，從而領悟「行萬里路勝讀十年書」的道理。五年後，改名「長風野外之友」，仍貫徹為提倡野外活動而努力，包括介紹名勝風光，探索秘境古蹟，研究地名民風及拓展旅行範圍。日後發展，衍生出《野外雜誌》、香港野外學會等。

漁農處與旅行界伙伴關係密切

　　漁農處於 1980 年 1 月 19 日，在大埔道九龍山山火控制中心舉辦「防止山火座談會」，參與者包括童軍團體、社區中心、各旅行隊代表等人，目的是探求旅行人士參與防止山火工作的各種可能性，例如組織熱心人士協助報告及撲滅山火等。

「防止山火座談會」
紀錄（見《文匯報》）

勞青旅行隊「獅子山
育樹苗」活動

　　1989 年 10 月 29 日及 12 月 3 日，本港旅行團體領隊舉辦實
地的「戶外研習日」，定名為「盡享郊遊樂，愛護大自然」。目
的是提高旅行隊成員對郊野公園護理問題的認識及關注，例如垃
圾管理上的問題，並推行「遠足清潔糾察計劃」及「團體植樹計
劃」等。（按：自 1957 年起，漁農處一直鼓勵市民參與郊野公園
植樹活動，包括推行大眾植樹計劃和團體植樹計劃。）

　　自 1993 年漁農處公開邀請市民參與「郊野公園遊客聯絡小
組會議」，參加者和署方職員就郊野公園各項服務問題，直接、
坦誠地交換意見，對改善郊野公園的服務和設施，均有很大幫
助。1998 年漁農處成立「海岸公園遊客聯絡小組會議」，性質與
「郊野公園遊客聯絡小組會議」相同。這兩小組會議大約維持至
2004 年。

　　自 1997 年 8 月，全港旅行人士可於漁農處官網瀏覽本港各
郊野公園及海岸公園資料。網頁內詳載郊野公園、海岸公園、
自然教育徑、長途遠足徑、家樂徑、樹木研習徑、郊遊徑、各

遊客中心的燒烤場地等康樂設施資料，以及遠足安全指引和查詢電話。

漁農處與中國香港旅行遠足聯會合辦，香港童軍總會、地球之友及香港海洋保護會協辦的「旅行隊協護郊野公園計劃」專題講座，於 1999 年 9 月 14 日假座香港童軍總會舉行。該計劃讓旅行隊可以在活動期間，匯報一些受損壞或有需要添加郊野措施的地方，好讓署方職員及早維修和改善。

漁農自然護理署
九龍長沙灣道三〇三號
長沙灣道政府合署六樓

AGRICULTURE, FISHERIES
& CONSERVATION
DEPARTMENT
Cheung Sha Wan Government Offices
6th Floor, 303 Cheung Sha Wan Road,
Kowloon, Hong Kong

Please address all replies to
Director of Agriculture, Fisheries
& Conservation
團函請寄交
「漁農自然護理署署長」

本函檔號　Our Ref :
來函檔號　Your Ref :
電　話　Tel. No. :　2150 6851
電郵地址　E-mail Address: yf_lam@afcd.gov.hk
圖文傳真　Faxline No :　2317 0482

逕啓者：

漁農自然護理署
「旅行隊協護郊野公園」計劃

多謝貴　隊參加漁農自然護理署舉辦的「旅行隊協護郊野公園」計劃，協助保持郊野清潔。

為了方便各旅行隊互相聯絡，本署將會在本署網頁內，成立旅行隊專頁，方便各旅行隊進行活動宣傳。有意將本隊資料擺放在旅行隊網頁的旅行隊請填妥附表交回本署，以便整理。填妥的資料表格可以郵寄到，新界荃灣城門路，漁農自然護理署，郊野公園護理科，鄧倩碧女士收，傳真至 2401 3904 或電郵至 yf_lam@afcd.gcn.gov.hk 亦可。

此外，預告每年一度的「旅行隊協護郊野公園」計劃紀念書頒授典禮，將於 2001 年 1 月 1 日在馬鞍山昂平舉行，同日並為『千禧健行』馬鞍山健行日。有關典禮詳情及當日節目內容，請留意本署稍後公佈。

若有任何查詢，請致電 2150 6851 與本人聯絡，或致電 2421 8586 與鄧倩碧女士聯絡。

漁農自然護理署署長
林鉅誠
（林鉅誠）

二零零零年十月二十八日

關於「旅行隊協護郊野公園計劃」的函件

　　漁農處於 2000 年 1 月 1 日更名漁護署，並自 2015 年起聯同環保團體及遠足團體展開「自己垃圾，自己帶走」的宣傳教育活動，讓市民共同參與保護郊野環境，在遊覽郊野公園後帶走自己的垃圾。同時，郊野公園裝設了加水站，以鼓勵市民自備及重複使用水樽，減少丟棄塑膠廢料。

　　2010 年漁護署開始舉行「郊野公園義工計劃」，目的是透過讓市民親身參與郊野公園的管理、教育及自然護理工作，提高其保護香港郊野公園的意識，並向大自然愛好者提供一個服務社會的機會。計劃分有「郊野公園遠足巡邏小組」、「郊野公園教育工作坊小組」、「郊野公園導賞小組」及「護理工作教育及宣傳活動小組」。署方各部門工作積極，今天成果都是默默耕耘得來。

「不設垃圾桶」
告示牌

漁護署職員忙於
清理垃圾

2017 年底漁護署移除郊野公園遠足徑上的垃圾箱及回收箱，呼籲市民做一個負責任的登山者，上山帶備垃圾袋，將途中產生的垃圾帶回市區再丟棄。但是郊野公園垃圾污染問題並沒有完全解決，主要是遊人的公德心尚待加強。

疫情和社會運動後

2019 年底冠狀病毒在香港爆發，確診者須隔離，死亡人數不少。幾經風雨，至 2022 年底，透過接種預防疫苗或經自然感染產生免疫力下，疫情漸轉變為風土病，政府宣布優化及解除大部分防疫限制，市民生活逐步回復正常。

與此同時，2019 年香港爆發反修例騷亂。經過連月街頭衝突，2020 年 6 月政府轉由全國人大負責國家安全法規立法。在

施行國安法後，約 2021 年社會才逐漸安寧下來。

　　經歷疫情和社會運動後，香港市民，包括新移民，多意識到健康和自由的重要，有空便去行山，接觸大自然，一為強身，二為減壓。

　　相比九十年代，社會上的公共交通、通訊網絡、攝影器材比以前進步得多。至 2000 年代，生活方式各有不同的行山人士都喜用手機上網、Facebook 交流，將拍下的美景上載至 YouTube、Facebook 或 Instagram 等，形成社會上流行的自我宣傳風氣。若點擊率高，更成為大眾的 KOL（Key Opinion Leader，意見領袖），亦可稱為「網紅」（網絡紅人）。久而久之，多了不同背景的個人或團體 ❷ 互通旅行消息，更甚者以小組名義組織行山、出海等活動，普遍旅行風氣更勝從前。以往多只在周末進行，平日則在周二或周五；現在日日都有人開隊，歡迎大眾參與。

　　過往香港旅行遠足聯會出版的《旅聯之聲》、香港郊野活動聯會出版的《團體會員聯合旅訊》所刊登的旅行資訊，均對旅行風氣有一定影響，不過時移勢易，新社會環境下，後繼能力轉弱。

　　回顧 2013 年風火山林旅行隊創立時，安排的山野活動既有朝氣又多元化。2014 年又自資獨立出版本地行山遠足刊物《風火山

本地行山遠足刊物《風火山林》

林》（有電子版和實體版），為行友提供交流平台，互相分享山野樂趣，並推廣多元化的山野活動，宣傳自然保育意識。

2014 年又有「Fitz 香港運動及生活平台」，致力提供各樣運動、玩樂及各方健康資訊，內容包括行山、跑步、瑜伽、飲食等方面。

另外，「Trailwatch 徑‧香港」自 2014 年冒起，是全港首個結合郊野保育和行山樂趣的手機應用程式資訊網絡平台，讓公眾享受行山之餘，亦可以分享山野見聞，積極參與監察郊野的工作，共同保護大自然。「共融行山」、「山野無痕」都是其推廣佳績。它在 2022 年 4 月 1 日加入香港註冊成立的法定慈善機構（S88）Parks and Trails Limited，其使命是廣泛地讓更多人享用郊野和大自然。

現時坊間旅行裝備日趨完善，輕巧實用，顏色耀眼。行友都樂於趁平價時買下靚裝備，如衣服、鞋、背囊、水瓶、帽、遮、登山杖及露營用具等，所以在山上一眼就可看出新一代多新潮有活力。

由於很多行山人士都不是跟隨旅行隊，而是由自發性的私人群組或 Facebook 組合，凝聚漸成，遂出現「山界」的稱號。過往只知山界原是指有墓穴的山區，現已被新一代泛指與山有關的活動。同是行山，他們的思維較進取和活躍，反映在一些行山流行術語中，如打林開路變成「爆林」、登山到測高點稱「Kill 標」（見第 22 篇）等。因行山技能提升，以往綑邊活動，發展成泳綑或涉水探洞，亦多了運動競賽，包括跑步比賽、越野跑賽事、步行籌款等。

①② 綠惜地球舉辦的
「自己山徑自己
修」活動

　　目前坊間也相應地冒出了很多活躍郊野的團體，例如環保團體或社交平台包括：環保協進會、香港綠色希望、上山下海執垃圾、綠惜地球、綠惜和平、野外動向等。他們不遺餘力分別參與植樹、清除郊野及海岸垃圾等行動，其中綠惜地球就曾舉辦「自己山徑自己修」等活動。擴而遠之，推行「環保基金共築可持續遠足山徑：無痕山林教育計劃」，透過連串公眾活動，包括以山徑保育為題的講座、郊野步道導賞、清潔山徑義工服務等，推動山徑保育教育工作，以另一種形式保護郊野。

　　管理郊野，漁護署作為主力外，還有其他政府部門協助，職責視乎其管轄範圍，包括水務署、民政事務處（簡稱民政處）、土木工程拓展署（簡稱土拓署），亦有一些路徑是由該區的區議會籌建或翻新。

　　最近喜聞環境及生態局 ❸ 也出一分力，為鼓勵市民養成愛護郊野、惜物減廢、保持山徑潔淨的好習慣，聯同漁護署推出「清潔郊野團體伙伴計劃」。伙伴團體將於郊野公園舉辦清理山徑活動，清理包括長途遠足徑、郊遊徑、家樂徑、地質步道等，帶領市民身體力行執拾垃圾，保持郊野潔淨。

　　由於來自各階層的行山人士眾多，很難區分那方歸於旅行界或山界，故此兩者共融，未嘗不可。大家都是在大自然中活動，各適其式，各自精彩，各自開心。不過，寄望新一代也要緬懷和尊重前人的耕耘，繼續承先啟後，愛護郊野，共享大自然，要注意安全和有公德心。

註釋

①

起初有港九旅行界籌委會，以聯誼活動維繫各旅行隊。1981 年 4 月 14 日香港《星報》「星旅之友」召集本港境內旅行界領隊，舉行第一次歷史性群英會聚會，與會代表發起組織境內旅行界協進會，藉此與各隊相互瞭解、增進感情、交流經驗，並促進旅行界團結成一大家庭，以鼓勵本港市民走向健康之戶外生活。結果一致通過，隨即選出臨時召集人，先行組織籌委會選出籌備委員。經過多次會議後，終於在是年 6 月 29 日晚在工人俱樂部再召集第三次會議，議決組織的名義，提案有：一、港九旅行界協進會；二、港九旅行隊聯會；三、香港旅聯協進會；四、香港旅聯。最後大會代表決議通過定名為香港旅行界聯會，簡稱「香港旅聯」，宗旨為「團結互助，發揚旅運」。

香港旅行界聯會成立於 1982 年 3 月 23 日，同年 11 月 12 日獲港英政府批准為非牟利註冊團體。1994 年 5 月 24 日易名為香港旅行遠足聯會，簡稱仍是「香港旅聯」。宗旨趨向更多元化，包括：一、聯繫香港及各地區的旅行隊伍、野外康樂活動團體及愛好遠足人士；二、舉辦有教育性的活動，如講座、培訓班等；三、出版期刊；四、積極參與社會公益活動。

②

在互聯網上曾經出現過，至今仍存的行山團體，或新興以群組名義、個人專頁名義成立的媒體，以包括社交媒體專頁、社會文化網站、本地旅遊網站、運動與消閒專頁、個人網誌等，持續分享本土行山活動的，粗略計有：庸社之友、行者之友、摯友旅行隊、蟻行樂、旅樂行、山水小組、香港翠綠遠足隊、綠洲、萬漫廣之友、周二旅行隊、康樂山友、山林旅行隊、河馬遠足隊、越野雄心、28 行山隊、風火山林、山城縱走、遊人‧紫步、K 神任我行、山野樂逍遙、天行足跡、向嵐行‧山樂、香港行山風景人像攝影會、香港行山遠足之友（吹水山谷）、香港新手行山討論區、香港山友行山遠足分享群、齊娃娃樂悠悠‧行山團、香港人行山關注組（裝備路線資訊交通行山意外分享及組團限定）、香港行山新手交流區、香港初級行山群組、香港日出同行群組、山友石頭谷、快樂行走天下、我愛行山 I Love Hiking、行山靚景團、行山新手遊樂會、香港行山全攻略、軍事遺跡探究、無痕山林遠足隊、Trail.hk（香港首本山系雜誌）、山‧影‧紅、人在天涯旅行隊、隊長 VL Captain VL、山系大叔亞力士、登山之友、Owl outdoor 貓頭鷹活動郊野探索、周末行山隊、幾兜友行山聯盟、勝景遠足隊、上山落山、樂趣行行山隊、

行山發燒友群、V'air 低碳本地遊等。(按:名稱眾多,不
便盡錄,只是隨意揀選,僅作參考,排名不分先後。)

③
環境及生態局是特區政府在 2022 年架構重組後成立的一
個決策局,由前環境局改組而成,於 2022 年 7 月 1 日成
立;負責環境保護、環境衛生、食物安全、漁農及禽畜公
共衛生,以及應對氣候變化政策。

21 九十年代旅行書刊展覽

2021 年 10 月有一位行山書收藏家在一間露營戶外用品店舖舉辦「香港行山書展覽」，展覽了不同年代的香港行山書籍，見證香港郊野變遷。被挑選的展品超過 100 件，有些是珍貴的行山舊書，有些是路線介紹，也有生態圖書包括《香港及華南鳥類》，還有文學作品、漫畫等。

透過書展，舉辦者希望參觀者看到往昔大自然面貌的同時，學懂珍惜及保護現時擁有的大自然，更希望他們不要太依賴互聯網資訊，而認識到看書或藏書更為實際。

將昔日行山書籍所刊登的相片與現時比較，會發現郊野變遷着實太快、太大，連帶香港的行山風氣也在變化，若不然又怎會既有旅行界又有山界的稱呼？

以前，除有分量的旅行隊在每年隊慶時會有些書刊展示外，其他都寥寥可數，且時間並不長。當中值得一提的是香港郊野活動聯會在 1991 年 10 月 19-20 日假座油麻地梁顯利社區中心，首次舉辦大型的「香港旅行圖片、書刊、裝備匯展」。

往後又衍生出另一個展覽，於 1994 年 10 月 22-23 日，香港郊野活動聯會在深水埗發祥街 55 號，假座長沙灣社區中心二樓

禮堂，再舉辦「香港旅行書刊展」。展覽目的為推廣本港境內旅行活動，令市民認識各類與本港旅行活動有關的書刊，並增加其閱讀興趣。主辦團體用心地將展出書刊分為十類，分別為：一、路線、景觀類；二、隊刊、雜誌類；三、地圖、畫冊類；四、報刊剪存類；五、古籍、掌故類；六、文物、古蹟類；七、議論、紀錄類；八、動植礦物類；九、實用技術類；十、其他類別。該次展覽書本皆由本港旅行團體和熱心人士慷慨借出。

到 1998 年，香港旅行遠足聯會舉行「香港旅行文物展」，展期為 1 月 10 日（周六）下午與 11 日（周日）全日，在洗衣街香港漢文師範同學會校內舉行，同場更免費派送《1932-1997 香港旅行隊伍進展里程》一本。

香港郊野活動聯會的「香港旅行圖片、書刊、裝備匯展」小冊子（陳建業提供）

香港郊野活動聯會熱衷於參與「香港旅行活動推廣計劃」

在 1999 年 6 月下旬至 7 月底，香港郊野活動聯會與天地圖書有限公司，在灣仔莊士敦道天地圖書展覽廳舉行「開心假期歡樂遊：旅行書刊展暨旅遊書展銷」活動，目的是令市民認識旅行書刊，並提高閱讀興趣。書刊內容包括：路線景觀、地圖掌故、文物古蹟、隊刊雜誌、實用技術，以及世界各地旅遊叢書、自助遊、旅遊指南等。

以上的展覽，均由民間的旅行團體籌辦，至完成為止。當中需花費不少心力、人力、物力和財力，而旅行團體成員只是業餘性質，要籌辦長期展覽談何容易？所以有這類旅行書刊展覽，我定必捧場支持！

後記

1992 年 3 月 14 日及 15 日，長風旅行隊為紀念創辦人梁煦華服務社會二十周年，特於尖沙咀九龍公園香港博物館演講室內（現址九龍探知館），舉行「野外文物展及研討會」。會場陳列有關的旅行文物，如《新安縣志》、江山故人的刊物，以至各種照片、旅行地圖等，均美不勝收。在場給每位參加者派發表格，如有問題，可寫下並投進討論問題收集箱內，將於 15 日下午 5 時研討會上討論。14 日下午 2 時半有開幕儀式，恭請立法局議員楊孝華先生、郊野公園委員會主席張德球先生、香港皇家亞洲學會委員夏思義博士、香港博物館館長丁新豹博士等主持開幕禮。同時邀請社會賢達、學者、旅行界知名人士和各隊領隊等出席。此兩日並分別贈送最先進場參觀的人士一本《鳳凰徑》，每天限 200 本。這活動一度成為當時旅壇佳話。

新舊旅行書刊（部分）

㉒ 測量墩／標高柱

七八十年代行山人士喜以「逢頂必登，逢咀必出」的理念，作為當天行程的指標。登頂最開心是能見有測量墩／標高柱 ❶，皆因山野無人，豎立柱形建築物，正好讓人知道這山頭曾有人到過，且其選址多數在視野最佳的位置，更重要的是可用作測量用途。

近年多了以山界自居的行山人士，流行一句術語叫「Kill標」。其實也就是回到以前「逢頂必登」的玩法，以抵達有測量墩的地點為榮，現在則只是以拍照打卡為主。其實六十年代後期已有一位行山朋友，最喜歡拍攝那些好像一支石煙卤的測量墩／標高柱。後來該朋友在《野外雜誌》（1976 年 8 月）以筆名岳煌發表〈百墩圖〉；以筆名易虎發表〈香港群山譜〉；以筆名陸尚恆發表〈西貢嶼影〉、〈嶼山嶼影〉；以筆名一豹發表〈香港石碑漫談〉、〈香港地圖漫談〉等。

那時拍照不像今天方便，每次同遊見他在測量墩高處，手攜器材或立或蹲良久，以人手 360 度拍照取景，菲林是用黑套包着捲片。由於他作風低調，很多行友都不認識他。直至八十年代《明報》、《星島晚報》先後訪問他，曝光後才得知他全名秦

①

②

① 坪洋火崗嶺
② 龍鼓灘村後花香爐山上的測量墩

測量墩／標高柱

錫彪，本是公務員，官至署理警察政務處處長，《警聲》也有所報導。

　　從 1965-1975 年間，秦先生差不多每星期日都獨自出發行山，他喜歡自由自在地走動，有時會隨意更易目的地，或者為便尋幽探勝吧？此外，他亦參加過 YMCA 男青年會，以及旅行隊如庸社、長風野外之友等。另一方面，亦喜歡拍攝奇形怪狀的石頭。

　　時興「Kill 標」，拍照留念，乃人之常情。若興之所至，情緒高漲時，有些人會情不自禁攀立在標高柱上，做出與別不同的動作，或任意塗鴉、爬上爬落。這些行為不單止阻礙測量的工作，更會令柱身油漆容易剝落，影響測量功用，亦會危及柱身的結構安全，甚至引起倒塌的危機。希望行山人士能自我約束，愛護公物。

八十年代在勒馬洲蛇嶺上的測量墩（當時深圳河尚未拉直）

註釋

①

標高柱的正確名稱是三角網測站或三角測量站,由地政
總署測繪處豎立及管理,以維持及加密一個覆蓋整個香
港特別行政區的精準測量控制點網絡,從而提供參數用
於繪製地圖、屋宇建築、大型基建工程、航海及航空的
安全管理等。

測量站的柱型有幾種形狀,如圓柱、圓錐、方形、梯形
等。(按:郊區地圖標示的山體高度並不包括標高柱,而
地政總署測量站摘要內的高度則是量度至標高柱頂,所以
兩者有所分別。)

讀者如想瞭解更多三角測量站的新舊資訊,可參閱地政總
署測繪處編製的「香港大地測量基準說明」(PDF)。

測量墩 / 標高柱

㉓ 本地旅遊領隊訓練

　　旅行與旅遊是分不開的，例如大家熟悉的朱維德前輩，熱衷行山，是香港第一代行山王，同時亦熱愛旅遊和潛水。

　　由於經驗豐富，促成朱翁於 1971 年在油蔴地小輪公司和無綫電視高層支持下，成立玉泉水陸旅行團，後來又成立專做外國旅行團的見聞會社，故又有「旅遊達人」之稱。他的成就、志氣、胸懷，多少間接影響到時下青年人，成為他們的學習榜樣。

　　回顧九十年代，本地旅遊頗為興旺，不少學校社團或旅行社紛紛舉辦親子或聯誼郊遊活動。很多年輕人為加入旅遊業發展，先要學習如何成為一名領隊。他們利用工餘時間參加工聯會或《星島日報》主辦的「本地旅遊領隊訓練班」。據知有些行山朋友也喜歡旅遊及交朋結友，故報讀這類課程，選擇將旅遊領隊作為一份職業。

　　當時本地遊領隊的專業認可資格，因受多方面條件所限，還未能提升到考牌制度，個別領隊的服務質素參差，因此亦直接影響到活動的氣氛，以及參與活動者的興趣及安全，更足以影響主辦單位的聲譽及日後業務發展。

　　除工聯會工人俱樂部外，《星島日報》「讀者旅行團」亦曾舉

辦過幾屆「本地旅遊領隊訓練班」。此舉目的是為投身本地旅遊領隊行業的人士提供專業培訓，推動行內人材質素提升，為旅遊人士提供更優質的服務。

專業的課程為時約一個月，學員從中可認識到不少旅遊專業知識，如領隊的工作守則、帶團程序與技巧、打好人際關係的技巧、本地旅遊歷史與路線介紹、旅遊安全守則、各種旅遊用品知識、初級急救等。學員隨後須通過嚴格的課題試及實習試，才可獲得畢業證書。畢業學員可以選擇加入旅遊業，作為全職或兼職領隊。有了更好的訓練和實習機會，旅遊服務質素自然有所提升。

自 1999 年 7 月 1 日起，所有外遊領隊必須持有由香港旅遊業議會發出的外遊領隊證。欲考取證書的人，除了要先獲得合資格機構發出的急救聽講證書外，亦須修讀香港旅遊業議會舉辦的外遊領隊證書課程。而由 2004 年 7 月 1 日起，領隊若想兼任導遊的工作，接待到港旅客，亦須領取由香港旅遊業議會發出的導遊證。

後來由於市民外遊機會多，見識相對增加，出遊目的已不再局限於觀光或購物，對領隊及導遊的要求亦相應提高。因此，一些旅遊公司也提供課程培訓在職領隊，促使其進修攝影技術、普通話、英語、心理學，以至化妝技巧等。

當時有行山友人在接受旅遊培訓後也做過領隊，閒談下才對旅遊業發展略知一二：

香港旅遊業界於 1978 年成立香港旅遊業議會，主要任務為保障旅行社的利益。後來更成為旅行社的自律監管機構，肩負重任。

　　1987 年，坊間有三個旅遊組織，分別為香港自助旅遊會、學聯旅遊會、香港旅遊協會等。香港旅遊協會成立於 1957 年，於 2001 年 4 月 1 日更名為香港旅遊發展局（簡稱旅發局），主要職能是在世界各地宣傳和推廣香港為旅遊勝地，並積極提升旅客在港的體驗，舉辦如「香港購物節」等活動。

　　後來政府參與，於 1999 年 5 月成立旅遊事務署，隸屬文化體育及旅遊局，由旅遊事務專員掌管。該署負責制定政府的旅遊業發展政策和策略，並統籌與業界的聯繫，加強協調推動旅遊業的發展。除開拓多元化的客源市場外，並培育及拓展具本港及國際特色的旅遊產品及項目，包括文化、古蹟、綠色及創意旅遊，鞏固和提升香港作為會議展覽旅遊目的地、地區郵輪樞紐及亞洲盛事之都的地位。

　　2019 年新冠肺炎蔓延世界各地，旅遊業大受衝擊。疫情持續超過兩年，政策從清零轉向共存，防疫措施陸續放寬，作為香港經濟四大行業之一的旅遊業，自當努力圖強，重新出發。

　　時至今天，社會多了不同機構或組織提供相關的培訓班式課程，好讓有志投身領隊或導賞員行業的人士有良好的訓練。例如：港專職業訓練學院有「旅遊顧問基礎證書」、「領隊試前訓練課程證書」（兼讀制）；香港大學專業進修學院（HKU SPACE）有持續進修基金課程（CEF），其中有「款客、旅遊及活動」、「社會科學的教育（導賞員訓練）」等課程；旅行家生態旅遊培訓中心有限公司舉辦生態旅遊證書課程，鼓勵參加者親身體驗大自然的氣息，從而令市民認識環境生態保育的重要性。

　　旅發局亦有網上專業訓練，推出免費互動課程「香港通」，

讓學生深入認識香港，課程內容包羅萬有，包括香港的歷史、文化、景點、節日等，只要通過測驗，即可獲發「香港通」證書。

香港旅遊業議會歷年都會舉辦有關領隊技巧、導遊技巧、票務及預訂、客戶關係、銷售技巧、旅行社管理及郵輪假期套票銷售的培訓課程，以及旅遊顧問工作坊，更為「導遊持續專業培訓計劃」（CPD 計劃）舉辦多個研討會。於 2024 年，推出為期三年的「文化古蹟本地遊鼓勵計劃」，以鼓勵旅遊業界開發更多具文化及古蹟元素的旅遊路線和產品。

2024 年香港旅遊業議會為協助旅行代理商，舉辦更多特色深度遊，推動本地特色旅遊鼓勵計劃，並將舉辦「本地深度遊導賞訓練」課程，供持牌導遊及領隊參加，對提升他們的服務水平和增值知識有很大幫助。

假若喜歡旅行或旅遊的朋友希望投身旅遊行業，可以循以上渠道參考。

「青年古道保育大使訓練計劃」導師在梅子林講解植物功用（沙頭角文化生態協會提供）

本地旅遊領隊訓練

① 地質旅遊導賞員訓練課程的學員在馬屎洲進行考核
　演示（香港生態旅遊專業培訓中心提供）
② 「美麗海岸義工訓練計劃」學員在吉澳學習垃圾分類
　（美麗海岸關注組提供）

①

②

本地旅遊領隊訓練

㉔ 從香港到外伶仃島

外伶仃島是位於珠江口外萬山群島的島嶼之一，是最靠近香港海域的小島，伶仃孤立，且在蛇口附近的內伶仃島外，故名之。

全島面積 4.46 平方公里，屬珠海市管轄，是萬山區擔杆鎮政府所在地。該島距離長洲僅 6 海里，距離九龍 11 海里。原有小漁村聚落在西南部的伶仃灣，後來島上駐有軍隊防守，不對外開放，故歷來予人神秘的感覺。

1989 年 6 月，廣東省人民政府特准萬山群島對開部分海域，發展首個開放遊艇活動區，範圍是外伶汀島東側至橫崗島南，從隘洲島、桂山島北部，沿至牛頭島為限，准許港澳遊艇到指定海域進行遊覽、休憩、垂釣等海上活動。該段時間規定，港澳遊艇入境前須向珠海市有關部門申請，申請者須申報個人資料及其所擁有、使用的遊艇資料，一切手續皆由某某公司辦理；於外伶仃島，則交由珠海市某旅遊發展公司代辦，登岸除提交姓名、身份證號碼等資料外，並要於政府辦公大樓內繳付港幣 20 元作為遊客費。

① 外伶仃島碼頭周邊（郭錦輝攝）
② 外伶仃海灣（六郎提供）

①

②

　　因此在九十年代，有部分本港旅行人士，喜歡從長洲或香港仔坐「大飛」往華界海域的外伶仃島，航程大約為 45 分鐘或一個小時多。

　　遊人登島最感興趣的是，伶仃峰山腰內深不可測、縱橫交錯的黑暗防空地道。入內須帶備強力電筒，登上約 300 多級樓梯才到頂，末段樓梯級呈螺旋形。峰頂有頗多奇趣岩石，其中向西南面有顯著的伶仃石。島東和島北兩面仍有軍隊駐守，旅行人士不宜隨便走動。

伶仃石

　　島上一些設施，例如公安機構、軍營或較為敏感的行業（例如髮廊）等，旅遊人士不宜拍攝。後來島上娛樂事業陸續發展，招徠更多遊客和嫖妓團，更引來盤據香港仔區的「和合圖」（香港歷史最悠久的幫會組織，由十二個小幫會組合而成）垂涎，意圖迫使經營客運的「新義安」黑幫船家合作營運，以及繳付陀地費，並以載客人頭計算款項，而「和合圖」則派人在鴨脷洲橋底的碼頭處，維持遊客秩序及安排船隻泊碼頭。雙方經多次談判，仍未能達成協議，結果釀成火併衝突。警方接獲線報，恐他們會以武力解決，遂展開監視及部署掃蕩行動。

防空洞隧道

　　不久，外伶仃島禁絕黃色事業，並打造為國家“AAA”級休閒度假旅遊區、釣魚及潛水基地。至於從香港非法越境去外伶仃島，也被官方禁止了。

　　現時外伶仃島主力發展旅遊業，除建設度假村、酒店外，亦發展不同的自然生態景點及旅遊設施，如海上娛樂中心、海鮮市場等。島上景點包括：雙子亭、釣魚台、金石公園、玉帶環腰、摩崖石刻、文天祥雕塑、拱橋渡水、海濱棧道、北帝晨鐘、石景公園、養殖示範場等。

　　外伶仃島曾獲廣東省旅遊局評為「國家 AAA 級旅遊景區」、「廣東省十佳濱海旅遊景區」等，並於 2023 年入選首屆全國「和美海島」。

延伸資料

珠海市外伶仃島於 2020 年 3 月 26 日恢復開放，上島有兩
種方式：一是從珠海的香洲港碼頭乘船出發，另一是從深
圳的蛇口港碼頭乘船出發。

從香港到外伶仃島

㉕ 西貢大水井古道

　　西貢墟西面有三條古道：第一條是昂坪古道（或稱昂西古道，連接昂坪與西貢）；第二條是屋場古道（或稱茅北古道，連接茅坪與北港屋場村）；第三條是前兩者之間的大水井古道（或

從大水井古道望向白沙灣海、牛尾洲海和釣魚翁山的景致

西貢大水井古道

稱大埧瀝古道），位處北港坳的西南斜坡，落腳與昂平古道起點接近，有大水井食水缸。2008 年改建，設施編號“WT031”，拾級而下可抵黃竹山新村與昂坪新村的馬路。

三條古道，以中間的大水井古道最好行，迂迴緩行不吃力，全長約 1.7 公里，需時半小時，整段古道是欣賞蘇南笏半島、白沙灣海、釣魚翁山及剃刀山（鷓鴣山）的風景線。奇怪的是，出入路口卻不受官方注意，也沒有任何路向指示牌。

從茅坪下大水井，途經大埧瀝一處有水堰地方，豎有一碑，上書：「西貢新安改善生活合作社蒙新界民政署供給建造水塘及水管全部器材使本社對社員之供水計劃得以完成解決今後水荒感德之餘特立此碑石永留紀念」，時為 1960 年 9 月 15 日。這碑石正好說明當時社會出現的水荒問題得以解決，後來再追尋石碑背後的故事，才知新安村在西貢並非原居民村 1，建立非易，曾有一段自救的歷史。

1960 年西貢供水計劃紀念碑

　　繼續下行至伯公瀝，有福德祠和福德亭，方便村民上香和休憩。福德祠原供奉伯公伯媽，後期潮藉人士加設天地父母香爐。該祠牆身嵌有舊碑，是清光緒三年（1877）重建。在福德亭另有重修碑，建於 1976 及 2015 年間。這群潮籍人士有機會來自新安村，五十年代才移居西貢。

　　離開福德祠下行至山腳出口，在牆邊見另一塊「福德老爺」碑，是 1976 年村民捐錢重修的路碑。此刻所見四周洋房，均是村民由山上移居於此而建的昂平新村及黃竹山新村，背枕着彎曲山，天色晴朗及順風向的情況下，會不時見到滑翔傘飛翔。

福德祠石碑

　　2023 年 12 月 23 日午間，我們從大水坑經茅坪古道，落山往西貢大水井，中途行經大壩瀝和伯公瀝之間的大水井古道路面，偶然見到一塊石面，上有疑似棋盤的紋理，不期然讓我聯想起前輩所提供的有關棋盤資料，已另文介紹。（見第 14 篇）

①

① 西貢昂平新村背後的大金鐘（山）和彎曲山
② 大水井古道上的疑似棋盤石刻

②

西貢大水井古道

延伸資料

參考地圖

地政總署測繪處：《郊區地圖：西貢及清水灣》

註釋

①

1962 年颱風溫黛襲港，其中西貢的涌尾篤（今翠塘花園附近）有很多家園被毀，災民流離失所。港英政府讓災民沿西貢墟外馬路的山邊起屋，有錢可買磚頭建造，缺錢則只能用木材，後來還批出房屋牌照，正式納入規管。

為改善生活，村民發起「西貢新安改善生活有限責任合作社」。根據香港法例第 33 章《合作社條例》中列明，漁護署署長獲委任為合作社註冊官，負責合作社的註冊及監管事宜。在理民府的幫助下，村民登記地址時，就以「新安村」為村名。

在籌備合作社期間，對面海村、凹浪村（可能是澳朗村）、菠蘿輋村、涌尾篤村等，合共有 85 戶響應參加。合作社於 1960 年 1 月 6 日正式成立，逐漸展開一連串改善生活的行動，如供應食水、改善衛生、儲蓄、貸款等。當時住戶可以繳付費用安裝水喉，以便使用合作社的供水。

該合作社辦公地址由村民古家借出，提供康樂活動、電影放映會、座談會、學習課等給一眾村民。直到八十年代，香港工業發展蓬勃，養豬業式微；政府設置了公家喉，合作社的歷史任務完成，漸漸退出村民的生活。

26 西沙古道（十四鄉）

在《香港古道行樂》（三聯書店〔香港〕有限公司，2023 年）一書第 85 頁，曾談及西沙古道的另一條路，可由烏溪沙步行往十四鄉，現補充一些資料如下：

在《新界風土名勝大觀》（商務印書館〔香港〕有限公司，2016 年）內，作者黃佩佳記述四十年代從西貢往沙田，是經大環往榕樹坳或企嶺下、西徑、鴨姆寮、樟木頭、烏雞沙、大水坑、小瀝源、沙田等村。後來在七十年代的旅程中，才知沿途有十四條鄉村，統稱十四鄉。依次序為企嶺下老圍、企嶺下新圍、西徑、瓦窰頭（鴨麻寮）、田寮（大洞禾寮）、大洞、井頭、馬牯纜、輋下、官坑、泥涌、西澳、將軍里、樟木頭。企嶺下一名，因十四鄉背枕高聳雄偉的馬鞍山山腳之下而來，當中分別有企嶺下老圍和企嶺下新圍，而海上則稱為企嶺下海。

早年該帶村民大多從事漁樵及農耕，趁墟的主要交通是經水路往大埔墟。因此十四鄉雖然位於西貢北面，但行政方面卻歸西貢北約鄉。

1971 年西貢萬宜水庫動工，連帶十四鄉周邊也受影響，同年開始建西沙路，包括大網仔路至企嶺下老圍，至 1973 年由企嶺下老圍至泥涌。

① 馬鞍山十四鄉工程尚未動工前（李偉權攝）
② 企嶺下海潮退景象（李偉權攝）

①

②

在十四鄉裏只有官坑一座的七聖古廟，供奉八個神像，前排單獨一尊是媽娘像，後排七仙女，居中最大一尊是三家姐，代表織女。廟內僅存的歷史文物，是清乾隆二十七年（1762）的鑴古洪鐘，可證該廟約有 260 多年歷史，只是經重修後已失古貌。

村民遵從先祖遺訓，組成四個社（東平社、西平社、南慶社、北慶社），每社輪流管理一年，酬謝神恩、祈求福澤安寧。為盛其事，每年還會安排一次酬神演戲。後來環境改變，鄉村式微，才改為每三年舉辦一次。最近一次遇有阻滯，須待疫情受控，又因演戲班期未能配合，終於到 2024 年 1 月才再度舉辦，是為第九屆，為期五天。

七聖古廟

企嶺下成游擊隊抗日要點

　　1941 年 12 月，日軍進攻香港，廣東人民抗日游擊總隊（東江縱隊前身）為營救被困的愛國民主人士、文化界人士及盟軍，遂分批進入新界，再潛入港九。其中一支在西貢企嶺下登陸，進駐山寮村，並設東線的海路。獲救者被帶到西貢後，再安排到大環村，跨過大環坳（現時地圖改稱水浪窩）落企嶺下上船，從而護送文化人和國際友人，經大鵬灣到沙魚涌回內地。從企嶺下到大鵬灣，如果順風順水，傍晚起程，第二天天亮便可抵達。據記載，1942 年元旦，游擊隊成功循此路線護送廖承志、連貫、喬冠華等人。

非一般的問路石

　　沿西沙車路下行至企嶺下老圍，見一公廁，廁外路旁有一石碑，字跡模糊，以往行經上址有數次之多，也揣摩不出其中意思。有次得黃埪華老師指點，才終於知道是「指知行路企嶺下老圍親朋來往若遇河海水漲請由企嶺吓圍面前有石徑通往」。

企嶺下老圍「指知行路」碑

十四鄉景貌變

　　今天要徒步走完十四鄉路線已不可能,因上址景貌近年早已大變天,部分路段也因應發展而改變。為配合十四鄉超大型住宅綜合項目發展,新鴻基地產委託建築公司進行西沙路擴展工程,受工程影響,村路小徑斷斷續續。幸好在 1994 年 8 月 13 日,井頭南及企嶺下老圍之間的紅樹林泥灘被劃定為具特殊科學價值地點,此時尚可欣賞到三杯酒與烏洲(可涉渡,留意潮水漲退時間)的景致。

　　事隔多年,時至 2024 年 6 月,新鴻基地產將一段長約 1.5 公里的西沙路擴闊至四條行車線,並興建了三個車輛迴旋處,以方便駕駛者,其他多項便利居民的社區基建工程亦大致完成。

西徑村與烏洲

延伸資料

企嶺下步行路線：從水浪窩下車，先訪觀星台，後到西沙路旁眺望大埔海與企嶺下海的長堤壆（水漲水退景致不同），沿文中所提的隨車路入老圍，見有何氏祠堂及罕有的八卦祖師神位，再沿西徑、瓦窰頭村至大洞、井頭村、企嶺下碼頭，跨山崗出輋下散。

企嶺下水上活動：可租獨木舟扒遊企嶺下堤壆、三杯酒、大埔海燈洲、荔枝莊、深涌、榕樹澳等地。

交通

來往西沙路的巴士包括：一、九巴 99 號，來往西貢及恒安巴士總站；二、九巴 299X，來往西貢及沙田市中心巴士總站；三、九巴 289R，來往沙田市中心及黃石碼頭（只在星期六、日及公眾假期提供服務）。

來往馬鞍山或港鐵大學站的小巴包括：一、807B，來往港鐵馬鞍山站（海栢花園公共運輸交匯處）及黃竹灣；二、807K，來往港鐵大學站及井頭村（三杯酒）。

參考地圖

地政總署測繪處：《郊區地圖：西貢及清水灣》

27 鳳馬古道（大埔鳳園）

　　在《香港古道行樂》（三聯書店〔香港〕有限公司，2023 年）一書第 53 頁，曾談及鳳馬古道（鳳園與馬尾下），現補充一些與大埔鳳園相關的資料如下：

大埔鳳園舊貌（李頌堯攝）

通常大家的焦點都集中在鳳園谷北面山邊，鄰近香港教育大學，1980 年被漁護署選為其中一個具科學價值地點。2005 年大埔環保協進會 ❶ 得政府撥款，在上址進行保育工作，成立鳳園蝴蝶保育區，至今成績有目共睹。

鳳園牛路問路石

約 2014 年，長江實業集團在鳳園興建多棟高層住宅大廈，取名「嵐山」，分兩期發展，第一期於 2015 年入伙、第二期於 2016 年入伙。新廈林立，進一步影響鳳園的自然景觀。

從鳳園入口經嵐山、蝴蝶區拾級而上，再經墳場上沙螺洞，昔日稱牛路，是往沙頭角必經之路。有「右往沙頭角、左往牛路」問路石，曾見放於大埔環保會新會址內枱邊一角。時下旅行人士、晨運人士多取道此路段，往來沙螺洞。然而大埔鳳園老圍一帶，因看似平平無奇，致少人關注，但其實此地適合作半天漫遊活動，亦不失為好去處。

大埔鳳園原稱鳳園圍，又叫鳳園老圍。舊圍南面有麥屋，東南有流坑村，再南有田心村和狗屎圍，後者於 2014 年改名鳳美圍。

鳳園老圍村口有鳳園村公所，入口有一大停車場，由麥潤次祖堂管理。老圍圍門一角仍存，旁有舊屋稱陸陞堂 ❷ 和薛氏

① 陸陞堂
② 麥氏宗祠

家祠，有門聯「燕貽嶺左，鳳起河東」。另，麥氏宗祠外有大牌坊，右聯「南雄故里」，左聯「百順源流」，橫批「始興世澤」。宗祠外有門聯「潤身以德，餘力學文」。

宗祠內有幾對門聯，並見一牌匾，上書「欽點營用守府」，上款「光緒二年丙恩科會試中式第七十名進士」，下款「殿試三甲第四十二名營用守備臣麥大翱恭承」。

宗祠再往南行，見另一薛氏宗祠。上世紀七十年代，香港薛氏宗親會得到大埔鳳園薛氏宗親捐出土地，籌建全港薛氏宗祠，得司徒氏宗親大力協助，宗祠得以落成。每年香港薛氏宗親會，都會在宗祠內舉辦春秋二祭。

薛氏宗祠

　　近年附近多了新屋苑，居民放狗隨意便溺，影響衛生，故在宗祠外加裝鐵閘，使人半步難越。離遠望其門聯，與薛氏家祠所見同出一轍。

　　續往流坑走去，在薛氏宗祠附近，建有蝶豆花園有機農莊（內有澳洲羊駝〔草泥馬〕）、童話世界農莊（可餵飼馬匹、山羊和白兔），均適合親子活動。沿水泥徑出鳳園路，為南行路邊中途站，門牌 118 號是金鳳台，附近為田心村。

　　過對面馬路，跨水坑，推斷是竹頭澗（正名是竹頭瀝）。拾級而上見葉氏民居，右路通黃源章故居（黃氏於六十年代開旅行社助新界村民往歐洲就業）。左路見葉氏宗祠，附近又有一排客家屋，當中比較舊式的一間，內有孫氏祖先神位。

　　沿車路出回汀角路，附近有田心污水泵房。過馬路後，有巴士及小巴可回港鐵大埔墟站。

延伸資料

交通
一、新界專線小巴 20P，來往鳳園村及港鐵大埔墟站（新達廣場）；二、新界專線小巴 20M，來往鳳園村及大埔中心巴士總站。

參考地圖
地政總署測繪處：《郊區地圖：新界東北及中部》

註釋

①

為維護供蝴蝶棲息和繁衍的自然環境，大埔環保協進會鳳園蝴蝶保育區於 2023 年 8 月推出全港首個蝴蝶園認證計劃，為學校、社區、已修復堆填區及機構組織的蝴蝶園提供認證服務，由鳳園作專業評審，並獲得漁護署、香港中文大學生命科學學院等機構支持。此外，認證計劃將與內地不同學校和機構合作，於內地 16 個地點共同建構「國際蝴蝶脈絡」，例如深圳坪山區正在建設自然博物館的自然步道及 14 條坪山郊野徑。通過與內地各個「點」合作，形成「點線面」，未來可逐步擴展至大灣區。

②

陸陞堂有說由鳳園老圍的六姓人家：麥、葉、薛、黎、莫、韋組成，故此「陸陞」有六姓人的意思。後來又知有姓孫和姓黃者，料較後期遷入。約 2009 年，曾見一個由洪朝（安撫土煞和驅瘟逐疫，祈求鄉村太平的儀式）簡化的儀式，村民先在陸陞堂門外接眾神，如先後迎請在汀角道與沙螺洞上山路口處的「本鄉護境社稷感應大王」神位和「護鄉土地福德正神」神位，再轉請「井泉龍王地脈神君」神位和「榕樹下土地福德正神」神位，回來後連同其他 16 個神位，一起插在神牌前，給村民拜祭。每年新春，

如有新添男丁，村民會以門頭輪值，擇吉日舉行元宵點燈儀式，進行拜神開燈，元宵後又有化燈送神儀式。雖則環境改變，儀式從簡，難得這傳統習俗仍有保留，村民歡聚，喜氣洋洋。

㉘ 東梅古道

　　東梅古道指往來東涌的馬灣涌至梅窩的通道，位處流浮山（現誤稱薄刀岉）、婆髻山、蓮花山和老虎頭的山窩小徑，昔日通過海濱流浮沙、低埔村到白芒。現時東涌新市鎮發展，海濱的流浮沙填平了，低埔村也搬去了黃龍坑道。不過，在北大嶼山公路發展下，有車路抵白芒村口。古道已被水泥覆蓋，經大蠔村上走至望渡坳、銀礦洞返梅窩。整條古道全長約 10.8 公里，全程約三個半小時。

　　白芒村位處大嶼山北岸，對着大蠔灣。《新安縣志》記載，「白芒渡自大奚山白芒往元朗渡一隻原承餉銀七錢五分」，印證了白芒、屯門及元朗曾聯辦渡船服務。

　　白芒村村民以郭氏為主，祖先原籍福建上杭，後移居潮州，自清初再遷到上址。另有一說，約於 200 多年前，從廣東省惠州遷來。村民如去市集，須步行往梅窩或東涌，否則只有請船。據說曾有街渡於下午 1 時由西環尾菜市場開船，經白芒再去東涌，到達時已近黃昏，卸貨後不走，翌天早上才返回西環。有些村民又會用擔挑農作物經白銀鄉到梅窩，再坐渡輪出中環，轉車到西環擺賣，除購回日常用品外，最重要是去菜種行買種子回去栽種。

① 白銀鄉
② 梅窩白銀鄉文武廟,梅窩居民在每年農曆五月十三日都會舉辦文
　武二帝寶誕。

東梅古道

濃情厚意

白芒、大濠、牛牯塱三村合組成三鄉，鄉民相當團結，合辦一所合作社和對外交通船隻等，他們喜與作風正派、組織健全的旅行隊交往。七十年代曾聽過一段濃情厚意話三鄉的故事，從中體會到那年代的行山人士和鄉民皆是樸實的一群。

話說有次某旅行隊小組路經三鄉，適遇一位行友肚痛吐瀉，當時攜帶的多是外傷止血藥，缺乏腸胃病藥物，眾人束手無策，情況甚為狼狽。一位鄉民獲悉情況後，迅速跑回家中，拿些藿香正氣水予患病的行友服用。自此以後，領隊與鄉民交上了朋友，來往也密切了。（按：藿香正氣水主要成分有廣藿香、香薷、白芷、紫蘇葉、蒼朮、丁香、陳皮等。不鼓勵用藥，僅供參考。）

後來三鄉獲分配水喉管，但當局並沒有提供技術幫助。旅行隊中有些行友是水喉工人，他們知道此情況，花了前後兩個星期日，義務替三鄉安裝水喉，成了三鄉水喉的維修員。不久，三鄉的村徑需要修理，旅行隊又發動一批志願行友支援。行友們在勞動中獲得了樂趣，鄉民亦得到這些「生力軍」的幫助，解決了人力缺乏的問題。彼此在相互支援下，增進了友誼。

有次該旅行隊再次路經三鄉，鄉民便煲好紅、綠豆糖水招待——領隊可能早打過招呼，不作聲息，及至到達三鄉前，才宣布「一會進村之後，有糖水供應」這個令人興奮的消息。當日天氣悶熱，加上長途步行後，能夠喝上糖水，真是貼心妥善的安排！一行 30 多人，歡聲雷動。當知道一些行友沒有帶備盛器，鄉民還熱情地借出碗和湯匙，給他們使用。領隊亦不欲鄉民破

費，認為行友不應白吃一頓，於是向每人收取五角，交回鄉民，聊充材料費而已。友誼的盛情，使大隊開懷暢飲，帶着甜蜜的心情告別了三鄉。

有緣創隊

七十年代芸芸旅行隊伍中，有一支冬梅之友登山隊。隊名「冬梅」兩字，寓意深遠。話說 1972 年元旦假日，有六位熱衷山野活動的朋友，一同約定乘船前往大嶼山，由東涌登岸，沿線經低埔、白芒、牛牯塱出梅窩。途中巧遇另外三位同道者，基於有緣相遇且志趣相投，自此便建立起彼此友誼，促成日後共同創隊的契機。為了紀念當日東涌、梅窩一行的巧遇，故以冬梅之友作隊名，亦兼與東梅古道有同音之誼。

路徑清晰

自赤鱲角新機場落成後，有公路伸延村前，交通得以改善，村民受惠。白芒的更樓、宗祠、圍牆及門樓，於 1999 年被古物諮詢委員會列為法定古蹟。

離開白芒村向東行，跨過山坳南下是牛牯塱村及大蠔村。牛牯塱村是繼白芒後，從廣東省東莞茶園分支南遷至此；大蠔村則是繼白芒後，從廣東省五華松園墟松圍南遷至此。

上世紀五六十年代，為方便三村的子侄有書可讀，在坳上建有一所三鄉白望學校，現已荒廢多年。

①

②

① 牛牯塱林家村（李偉權攝）
② 福安橋碑（李偉權攝）

　　翻過山坳，便是牛牯塱村及大蠔村低谷範圍。當中有大蠔河，河口有多種不常見的紅樹林品種，最重要的是在河裏，找到全世界只有日本北海道至中國香港一帶的水域才有的香魚。

　　六七十年代大蠔有合作社，方便行旅補充糧水，牆上寫着「高舉毛澤東思想偉大紅旗奮勇前進」的口號。附近有小屋，閣樓還置有一口棺木，其景象為行友所津津樂道。

　　牛牯塱村又是林家村，村口掛有警告牌：「內有惡犬」，表明不歡迎遊人，故切勿進內。

　　1964 年源自廣州信善壇的六合聖室，在牛牯塱村附近建立分堂「六合玄宮」，為信眾提供另外一個清修的好地方。宮內供

奉的神明為三清、呂祖、東華帝君及方孝德真君，主要誕期是每年的呂祖先師誕。

三鄉路徑清晰，有指示牌引路，接奧運徑 **1** 往梅窩，途中在田寮附近有福安橋碑（清道光戊戌年，1838）及萬興橋碑，過亞婆塱 **2**、黃公田、望渡坳、窩田、銀礦洞、白銀鄉、大地塘、涌口，回梅窩碼頭。

銀礦洞

延伸資料

交通

1. 港鐵東涌站 C 出口，文東路接喜東道往白芒村（東薈城東行，經藍天海岸、悅濤軒、喜濤軒、喜東街，接北大嶼山公路海濱大道，前行約半小時，通過隧道，右入白芒村）。

2. 東涌巴士總站乘嶼巴 36 號往小蠔灣的循環專線，途經白芒村。東涌班次：上午 7 時 45 分、10 時；中午 12 時、3 時；下午 5 時、7 時半；白芒班次：上午 8 時、10 時 15 分；中午 12 時半、3 時 15 分；下午 5 時 15 分、7 時 45 分。

3. 乘新界的士前往

參考地圖

地政總署測繪處：《郊區地圖：大嶼山及鄰近島嶼》

註釋

①

為紀念香港協辦 2008 年北京奧運會的馬術比賽項目，特
區政府於 2008 年將白芒至梅窩白銀鄉的一段東梅古道，
命名為「香港奧運徑」，全長約 5.16 公里，步程約三小時
半。沿途路面有各項奧運項目的圖案，不過日久失修，奧
運徑存在意義已不大。

2011 年漁護署與離島區議會合作，推出離島自然歷史
徑。首先開放的梅窩段，全長約 7 公里，連接東涌白芒三
鄉至梅窩，更可通往老虎頭郊遊徑。

②

如今天大家經過阿婆塱，不會太留意這地名的背景。話説
清初復界，自廣東之東、西，韓各江流域及閩贛二省的客
籍農民，相繼遷入廣東，並於新界及離島各處定居。曾見
有古籍記載林氏於清朝初葉棲止於元朗、林村坑下莆、大
嶼山婆萌，惟遍查不知婆萌何處。其後請教《香港山嶺
志》作者黃垤華前輩，才得知清初客家人在離島區的分布
情況。據《新界林氏族譜》載，清初有林氏遷入大嶼山
「婆萌」棲止。此「婆萌」應為「婆葫」之誤，因二字形
似而訛。婆葫即今土名亞婆葫，在梅窩之西北山中，地當
梅窩通大濠、牛牯塱、白望古道之要衝，昔有小村聚落，
田隴位於山窩中，呈狹長形者，即其處也。

㉙ 城門古道與八村

　　認識荃灣的「城門」，始於在該帶行山，如環繞城門水塘、「針草連走」（針山、草山）、三大健行（大羅天、大刀岃、大帽山）、城門碉堡、城門凹古道（城門到大埔碗窰）等路線，掌握該帶山貌之後，再從文獻深入，得悉：一、明末清初李萬榮落草為寇，曾據淺灣山谷 ① 為城；二、據清嘉慶王崇熙《新安縣志·山水略》，城門凹在六都通淺灣（荃灣）；三、在十九世紀末期，荃灣與城門村村民械鬥。事件起因，各執一詞。城門谷村民聲稱荃灣對其商品課稅過重，而荃灣方面卻指斥城門谷村民到荃灣盜竊，敗露後率先動武傷人云云；亦有說是因他們前往荃灣市場賣菠蘿時，遭荃灣村民索取過路費而起。械鬥持續三年（1862-1864），最終透過川龍村商人曾先生的調停始告結束。

　　往後個人對新界古道產生興趣，城門八鄉遺下的古道成為探究對象之一。港英政府於 1923 年推行城門谷水務計劃，開始興建城門水塘，以解決水荒問題。城門谷原址有八條鄉村，於 1928 年分別由政府協助搬遷往新界的錦田、大埔及粉嶺等不同地方，同年發表《搬遷城門村落報告》。八村分別是城門老圍、白石窩、碑頭肚、石頭見、芙蓉山、南房肚、大碑瀝、張屋。

①② 城門水塘昔日村名

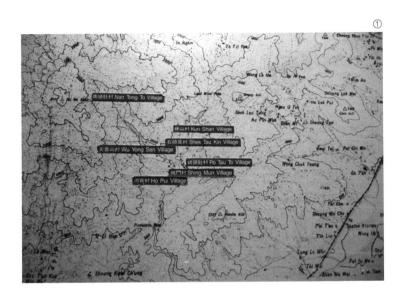

①

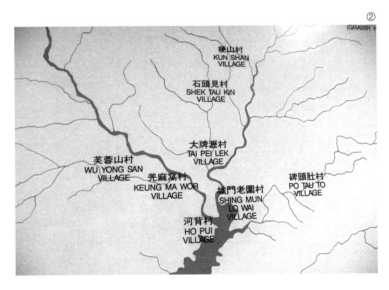

②

城門水塘昔日村名

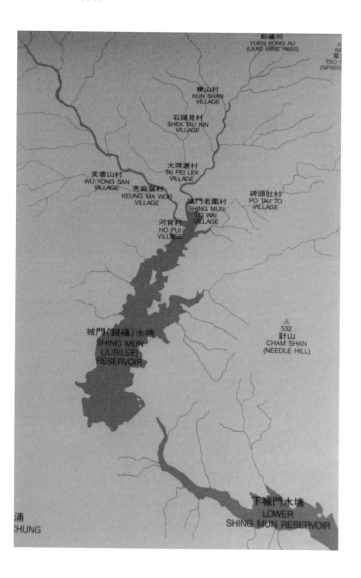

　　在研究的過程中，筆者發現八條鄉村的名稱與其他地圖和文獻略有出入。約於九十年代，在城門郊野遊客中心未改建前，筆者曾見有三幅新舊地圖，介紹城門鄉村位置。舊地圖只有七條村，分別是城門村、碑頭肚村、石頭見村、梗山村、河背村、芙蓉山村、南塘肚村；新地圖則包括：城門老圍村、碑頭肚村、大碑瀝村、石頭見村、梗山村、河背村、羌麻窩村、芙蓉山村。

　　據蕭國健所著《香港新界家族發展》一書中記述，城門鄉七村之移村情況如下：

1. 大圍（城門）鄭氏遷錦田城門新村；

2. 埤（碑）頭肚村鄭氏遷錦田金錢圍（按：部分於 1929 年在元朗八鄉水流田村以西建村）；

3. 石頭見村及梗山村鄭氏遷大埔新泮涌（按：梗山村正名應為筧〔梘〕山村，分上下兩村，鄭姓；羌麻窩村亦是鄭姓）；

4. 南傍（房）肚村羅氏遷和合石；

5. 湖洋山村鄧氏遷錦田七星崗；

6. 河背村張氏分遷大埔魚角村（近大埔救恩書院）及粉嶺（按：應是上水雞嶺村。河背村即河瀝邊，有張、鄧、高、胡四姓）；

7. 河背村高氏遷大埔魚角村。

　　以上所說各村，位置簡述如下：

　　由波蘿壩上城門郊野遊客中心 ❷，經菠蘿壩自然教育徑，接管制車路向上行，沿畔塘徑行至一所設備完善的公廁旁側。

（按：若遇水塘乾涸，可行水塘邊露出的石蹬古道，迂迴引向近大城石澗下游，接回車路便見該公廁。）附近漁護署豎有張屋村告示牌。這應是河背村位置，範圍伸延至沿公廁背後的昔日家樂徑 ❸。沿途密林處處，樹木種類繁多，有鰲蕄、樟、水榕、蒲桃等。上行接低水平植林路，向左出馬路前，昔日有「河背」石塊豎立，斜坡約三米高，今已不見，反之附近的「湖洋山」地界尚可尋。

右路可通往高水平植林路，途經羌麻窩村（鄭姓）、芙蓉山村。近接大城石澗的肥佬麥（不是正確地名）一地，是南傍肚村。

離開公廁和休憩場地（張屋村舊址），沿車路前行，橫過大城石澗（土名大城大坑）下游，到附近另一草城石澗（土名坳坑）下游，是城門老圍村遺址，澗旁現今已成車路，沿衛奕信徑第七段經城門標本林通城門坳（今稱鉛礦坳）❹ 一方。若原先從草城石澗林深處由低向上，東行過蝦公地近針山方向是埤（碑）頭肚村，其他依次序為大碑瀝村、石頭見村、峴山村（梗山村）遺址。（按：坳坑從城門坳流經峴山村〔故又稱峴坑〕，匯入城門水塘，上源發自城門坳。）

《香港九龍荃灣各村竹枝詞》❺ 內有以下村名的描述：「荃灣果木出菠蘿，遙望青衣隔海河」、「三棟屋前風自古，老圍人眾姓尤多」、「直上城門聳一峰，陂頭肚亦在其中」、「唯有藍房相隔遠，八鄉路界更能通」。

今天通向各村遺址的古道，在城門郊野公園管理下已成緩跑徑、家樂徑、城門畔塘徑、菠蘿壩自然教育徑、龍門郊遊徑、城門戰地遺跡徑等康樂設施。四城林徑（四方山或城門）、草城

大埔蓮凹風水穴
「汲水窟」

林徑（草山或城門）、虎蹤徑、龍泉谷古道、大城石澗徑作定位
路向。

在追尋過程中，最大收穫是找到
鄔氏與張氏的關係。一般知雞嶺村世
居荃灣城門，因港英政府建築城門水
塘，遂於 1930 年遷居雞嶺村，另一
族則遷居大埔魚角村。2021 年 5 月
在大埔蓮凹找到一處風水穴——「汲
水窟」，形似「蓮葉蓋龜」。從墓碑
得知墓主姓鄔，興寧縣人，辭田鄉後
移遷新安城門村居住。存疑問題是，
過往文獻有記載姓胡，為何又有姓鄔
呢？為求證曾數次走訪大埔魚角村、

汲水窟墓碑

上水雞嶺村
牌坊

上水雞嶺村，以及大埔碗窰張屋村，一探彼此關係，結果得悉姓鄒與姓張關係密切。墓主先祖龍太公大約 300 年前由廣東五華而來，被奉為一世祖，二世祖為鳳元公，三世祖是麟吐公。

　　據知張氏後人在 2003 年預備重修龍太公墓時，始發覺碑後有碑，碑上還刻有子孫輩名字，於清嘉慶二十五年（1820）重修。為隆重其事，於是將雞嶺村和魚角村的子孫輩也分別加在碑內。

　　除張氏外，城門的鄭氏也是大族之一，鄭氏先祖分別先後由中原向福建及廣東南部（海陸豐）遷徙至東莞。

　　清康熙五年（1666）新安縣被裁撤而併入東莞。直至康熙八年（1669），清政府明令酌許展界，允許沿海部分居民返回故居復業，同年重新恢復新安縣。

　　鄭氏德門公（十六世）的次子寧九公（十七世）遷居至新安縣下梅林立業，在康熙十九年（1680）過身。約康熙二十九年

（1690），其妻羅氏太婆檢夫骸骨並帶着五子（朝昇、朝敬、朝祿、朝信、朝清公）移遷至淺灣（荃灣）城門老圍定居。

十九世祖翰鵬公及族人遷城門圍陂頭肚開基立業，並立家祠，堂號「鵬順堂」。二十世祖奕舜公於清乾隆中期遷往大埔蓮澳，其他子孫後來又分居石頭見村、梗山村與南傍肚村。

1932 年港英政府為興建城門水塘，令城門圍各姓鄉民搬遷。鄭族分散往錦田、八鄉金錢圍、泮涌、和合石、九龍坑和深圳泥崗，另外又有一支鄭氏遷往蓮澳，並在原有的鄭氏宗祠外多建一座宗祠。故此今天蓮澳可見有兩座鄭氏宗祠，其附近則有李氏宗祠。

至於搬去八鄉金錢圍的鄭氏，在四十年代，全村村民歸信天主教，由意大利籍區鴻慈神父領洗，並將祠堂改建為教堂，屋頂豎立一具石十字架，成為全港首創及全球僅存的一間有十字架的祠堂。（部分摘錄自 2010 年 9 月鄭氏祖堂重修時編寫的資料）

錦田城門新村
鄭氏宗祠

註釋

①

城門谷是具軍事價值的地點，背靠大帽山，前臨荃灣（原
名淺灣）及青衣門。傳說於南宋景炎二年（1277）九月，
宋端宗的流亡朝廷從官富場逃到荃灣，同年十一月元將劉
深襲荃灣，朝廷被迫再次逃亡，當地居民曾於荃灣北部的
城門谷建石城抵抗。南明永曆年間（1647-1683），參將李
萬榮曾於荃灣北部的城門谷至針山一帶建石城抗清。

到近代的香港保衛戰，其醉酒灣防線的主要防守據點暨
總指揮部，便是位於城門谷的城門碉堡。（按：香港保衛
戰，又稱香港攻防戰、十八日戰事，指二戰期間，日本
侵略其亞洲鄰國時，於 1941 年 12 月 8 日起進攻香港，至
同年 12 月 25 日香港淪陷的戰役，及後開始了日軍在香港
「三年零八個月」的管治。）

②

舊日的城門郊野公園遊客中心，除陳列與郊野公園及自然
護理有關的書籍和紀念品，還有一展覽區。展覽區首部分
先介紹城門的歷史、建造城門水塘的過程，並特地以模型
仿製了二戰時期的「城門戰壕」及「醉酒灣防線」，讓遊
人從中細認現仍殘存於該處的戰時遺蹟原貌。

③

1996 年漁農處在張屋遺址建大城家樂徑,全長 2.3 公里,
步行時間一小時。內裏遺下廢村風水林及梯田。不知何
故,千禧年前,大城家樂徑被取消。不過,今天該徑看似
平平無奇,但仍可通行。踏着石蹬古道穿越一個白千層林
區,樹木壯大參天,植於 1946-1948 年間。白千層屬桃金
娘科,為高大常綠喬木,屬外來種樹,生命力強,能耐旱
耐澇,樹幹內層不易燃燒,萬一發生山火,可減低火勢蔓
延的機會,是香港早年植林時常作為防火線的樹種之一;
葉片亦有藥用價值,含玉樹油,提煉後有殺菌消炎的效
果。

④

城門坳今稱鉛礦坳,相傳該地昔日存有鉛礦,因而得名。
位於新界城門水塘以北、草山以西一帶,約處於城門郊野
公園及大帽山郊野公園的分界。昔日為城門坳古道(或作
荃大古道,通荃灣至大埔),今天麥理浩徑第七及第八段
在此處分界,衛奕信徑第七段亦經過此處。

⑤

此《竹枝詞》又名《圍名歌》或《圍頭歌》，由許永慶和
羅文祥合作編寫而成，前者是居於沙田瀝源的客籍私塾老
師，後者則是居於沙田火炭九肚村的廣府籍私塾老師。

《竹枝詞／圍名歌》獲特區政府納入香港首份非物質文化
遺產清單中的「表演藝術」類別，編號為 2.16。共有四
部，分別是：〈瀝源九約竹枝詞集村名〉（15 首）、〈西貢
六約竹枝詞集圍名〉（19 首）、〈香港九龍全灣各村竹枝詞〉
（14 首）及〈大埔林村船灣各鄉竹枝詞〉（8 首），合稱《新
界竹枝詞》。

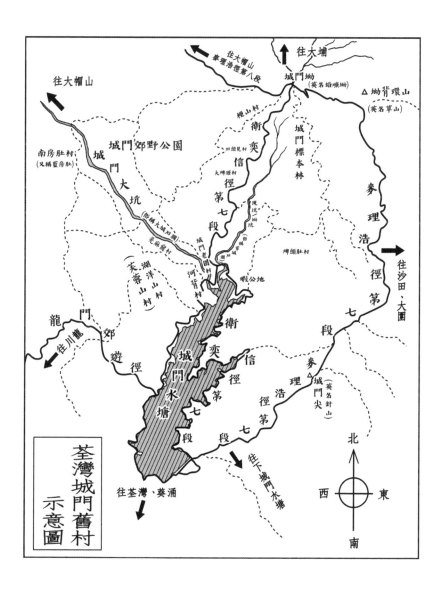

往大帽山

往大帽山
麥理浩徑第八段

往大埔

城門坳
(英名鉛礦坳)

△坳背環山
(英名草山)

城門郊野公園

城門標本林

城門大坑

南房肚村
(又稱藍房肚)

蟹山村

衞奕信徑第七段

加頭見村

大帽瀝村

現坑坳坑
(俗稱鐵坑坳)

碑頭肚村

麥理浩徑第七段

往沙田、大圍

光裕圍村

城門老圍村

河背村

芙蓉山村
(又稱湖洋山村)

蝦公地

龍門郊遊徑

往川龍

衞奕信徑第七段

城門水塘

麥理浩徑第七段

△城門尖山
(英名針山)

北

往長瀝門水塘

往荃灣、葵涌

西 ⊕ 東

南

荃灣城門舊村示意圖

結語

　　當決定寫作《香港旅聞軼事》時，數月來，腦海中不斷浮現當年旅途中的各種情景。由原先構思時只有 15 篇，在不斷思量下，靈感來了又多幾篇，最後在截稿前共得 29 篇，另外等校稿時又多了五六篇存稿，且留待下次有機會出書時用。

　　驀然回首，感覺時間過得真快，體會到上山終有下山時。年輕時有衝勁，行過的山路，當時不覺怎樣，只想快步完成，致行過的路縱然不少，但沿途景致，卻有些未克細賞。近年心境平整，寧願以漫遊心態，行程達到個人要求已感滿足。縱然路線稍短，但每次總帶有見聞收穫。香港地方雖細，筆者至今仍未敢妄言踏遍每一角落。

　　大家閱讀書本，可能很快便看完，但寫書多少要花費些時間，以琢磨一些細節。遇有不明白的地方，幸好仍可以向前輩請益學習。翻查儲起的發黃報紙資料時，浮想聯翩，令我不禁思憶起用漿糊剪貼，為報章雜誌分類的年代。參閱早年記者所寫的文章，大多文筆流暢，記錄詳細，實地田野紀錄更可增廣見聞，這些都作為我編寫時的借鏡。

　　個人閱歷，非一朝一夕而成。透過寫作將過程要點寫下，

可以視為樂趣，也可視為學習。希望透過這書，和讀者分享一些以前筆者在旅途中的所見所聞，如牛仔飲可樂、滑翔傘的故事、香港土產等；書中亦提到旅行方式和裝備，隨着不同年代改變，例如由搖櫓舢舨到機動艇、由傳呼機到可助定位的手機 Apps、背囊發展到既防水又可浮潛，以及透過航拍賞景等。滄海桑田，祈望本書在回顧的同時，能為當下讀者增加一些旅行中的樂趣。

行文匆匆，當中如有錯漏或不善之處，祈為見諒指正，不勝感銘！

郭志標

鳴謝

　　黃垤華、潘熹玟、黃錦星、王福義、鄭茹蕙、李以強、林國輝、曾玉安、馬貴、馬顯添、韓國洪、陳綺華、黃少鈺、溫勵程、Victor Li、李偉權、劉衍悠、司徒永德、石展毅、郭錦輝、尹兆江、程錦春、黃志強、文錦豪（六郎）、羅冰英、馮惠基、李蓉蓉、郭德芬、麥社安、李勤安、陳建業、鄧廣賢、梁崇義、黃永祥、葉美芳、李頌堯、黃德明等前輩、會員及友好，分別提供資料、相片，並協助探路等。謹此致以衷心感謝！（排名不分先後）

延伸閱讀
(按筆畫序排列)

1. 《大埔鄉事委員會成立五十周年金禧紀念特刊》，香港：大埔鄉事委員會，2009 年。

2. 《西貢鄉文化探索》編輯委員會主編：《西貢鄉文化探索》，香港：西貢區議會，2014 年。

3. 《沙田古今風貌》編輯委員會主編：《沙田古今風貌》，香港：沙田區議會，1997 年。

4. 《郊區地圖：大嶼山及鄰近地嶼》，香港：地政總署測繪處，2022 年。

5. 《郊區地圖：西貢及清水灣》，香港：地政總署測繪處，2023 年。

6. 《郊區地圖：香港島及鄰近島嶼》，香港：地政總署測繪處，2022 年。

7. 《郊區地圖：新界西北部》，香港：地政總署測繪處，2023 年。

8. 《郊區地圖：新界東北及中部》，香港：地政總署測繪處，2023 年。

9. 《旅行家：正剛旅行隊成立 38 周年特輯》（第 20 冊），2010 年。

10. 《貢想》（Volume 5），2021 年。

11. 《港九獨立大隊史》編寫組著，劉蜀永、嚴柔媛校訂：《港九獨立大隊史》，香港：中華書局（香港）有限公司，2022 年。

12. 《華南研究》（第一期），香港：華南地域社會研討會，1994 年。

13. 《廣東及周邊省區交通旅遊地圖冊》，濟南：山東省地圖出版社，2009 年。

14. 《廣東省珠海市地名志》編篡委員會編：《廣東省珠海市地名志》，廣州：廣東科技出版社，1989 年。

15. 《蓮麻坑 · 人 · 物 · 情：辛亥革命百周年紀念》，香港：共融網絡 Joint Network，2011 年。

16. 《寶安旅遊交通圖》，北京：中國地圖出版社，2006 年。

17. 【清】舒懋官修，【清】王崇熙篆，深圳市史志辦公室整理編輯：《嘉慶新安縣志》，廣州：華南理工大學出版社，2020 年。

18. 丁新豹、黃迺錕：《四環九約》，香港：香港市政局、香港博物館，1994 年。

19. 中共深圳市委黨史辦公室、東縱港九大隊隊史徵集編寫組編：《東江縱隊、港九大隊六個中隊隊史》，深圳：中共深圳市委黨史辦公室，1986 年。

20. 司馬龍：《新界滄桑話鄉情》，香港：三聯書店（香港）有限公司，1990 年。

21. 甘水容、邱逸：《梅窩百年：老村、荒牛、人》，香港：中華書局（香港）有限公司，2016 年。

22. 李君毅作，陳宇星編輯：《登山臨水篇》，香港：荒凝止息工作室，2019 年。

23. 沙頭角官立中學:《沙頭角禁區(1982-2002)圖片集刊行誌慶》,2002 年。

24. 阮志:《中港邊界的百年變遷:從沙頭角蓮蔴坑村說起》,香港:三聯書店(香港)有限公司,2012 年。

25. 初旅、任遠、山鷹等編繪:《港九旅行路線指南》,香港:宏圖出版社,約 1973 年。

26. 邱東:《新界風物與民情》,香港:三聯書店(香港)有限公司,1988 年。

27. 科大衛、陸鴻基、吳倫霓霞合編:《香港碑銘彙編》(上、中、下),香港:香港市政局,1986 年。

28. 原東江縱隊港九獨立大隊老游擊戰士聯誼會:《永誌難忘的一頁》,出版地不詳:原東江縱隊港九獨立大隊老游擊戰士聯誼會,2004 年。

29. 孫霄主編,中英街歷史博物館編:《東縱在鹽田:紀念中國人民抗日戰爭勝利五十九周年》,深圳:美意世界出版社,2004 年。

30. 徐月清編:《活躍在香江:港九大隊西貢地區抗日實錄》,香港:三聯書店(香港)有限公司,1993 年。

31. 秦維廉:《香港古石刻:源起及意義》,香港:基督教中國宗教文化研究社,1976 年。

32. 馬木池、張兆和、黃永豪、廖迪生、劉義章、蔡志祥:《西貢歷史與風物》,香港:西貢區議會,2003 年。

33. 張黎明:《血脈:烽火羅氏》,深圳:深圳報業集團出版社,2016 年。

34. 梁煦華：《穿村：鄉郊歷史、傳聞與鄉情》，香港：天地圖書有限公司，2002 年。

35. 梁煦華：《香港郊野談奇 1：香港島、大嶼山及鄰近島嶼》香港：天地圖書有限公司，2023 年。

36. 梁榮亨：《賞遊香港燈塔》，香港：友晟出版社，2019 年。

37. 深圳市規劃國土局：《深圳市寫真地圖集》，北京：中國地圖出版社，2010 年。

38. 許舒：《滄海桑田話荃灣》，香港：滄海桑田話荃灣出版委員會，1999 年。

39. 郭志標：《香港本土旅行八十載》，香港：三聯書店（香港）有限公司，2013 年。

40. 郭志標《香港古道行樂》，香港：三聯書店（香港）有限公司，2023 年。

41. 曾生等：《東江星火：革命回憶錄》，廣州：廣東人民出版社，1983 年。

42. 游子安、志賀市子：《道妙鸞通：扶乩與香港社會》（上、下冊），香港：三聯書店（香港）有限公司，2021 年。

43. 黃天、景祥祜、楊宏通主編：《燈塔絲路紀行：港澳篇》，香港：中華書局（香港）有限公司，2023 年。

44. 黃佩佳著，沈思編校：《新界風土名勝大觀》，香港：商務印書館（香港）有限公司，2016 年。

45. 黃垤華著，潘熹玟圖錄：《香港山嶺志》，香港：商務印書館（香港）有限公司，2017 年。

46. 黃垤華著，潘熹玟圖錄：《香港輿地山川志備攷》，香港：

商務印書館（香港）有限公司，2021 年。

47. 葉賜光：《香港西貢及其鄰近地區歌謠》，香港：香港中文大學音樂系中國音樂資料館，2012 年。

48. 廖迪生、張兆和、黃永豪、蕭麗娟：《大埔傳統與文物》，香港：大埔區議會，2008 年。

49. 廖迪生、張兆和：《香港地區史研究之二：大澳》，香港：三聯書店（香港）有限公司，2006 年。

50. 劉智鵬、劉蜀永主編：《港九大隊志》，香港：商務印書館（香港）有限公司，2022 年。

51. 劉智鵬主編：《展拓界址：英治新界早期歷史探索》，香港：中華書局（香港）有限公司，2010 年。

52. 劉蜀永主編：《簡明香港史》（新版），香港：三聯書店（香港）有限公司，2009 年。

53. 廣東省地名委員會辦公室編：《廣東省海域地名志》，廣州：廣東省地圖出版社 1989 年。

54. 衛慶祥：《沙田文物誌》，香港：沙田民政事務署，2007 年。

55. 衛慶祥：《沙田歷史展覽特刊》，香港：沙田歷史展覽及特刊出版工作小組，1987 年。

56. 鄧家宙：《香港華籍名人墓銘集（港島篇）》，香港：香港史學會，2014 年。

57. 蕭國健、游子安主編：《1894-1920 年代歷史鉅變中的香港》，香港：珠海學院香港歷史文化研究中心，2016 年。

58. 蕭國健：《香港新界北部鄉村之歷史與風貌》，香港：顯朝書室，2010 年。

59. 蕭國健:《香港新界家族發展》,香港:顯朝書室,2008 年。

60. 蕭國健:《清初遷海前後香港之社會變遷》,台北:台灣商務印書館,1986 年。

61. 蕭國鈞、蕭國健:《族譜與香港地方史研究》,香港:顯朝書室,1982 年。

62. 蕭國鈞、蕭國健:《寶安歷史研究論集》,香港:顯朝書室,1988 年。

63. 羅香林:《中國族譜研究》,香港:中國學社,1971 年。

策劃編輯　　梁偉基
責任編輯　　張軒誦
書籍設計　　陳朗思
地圖繪畫　　廖鴻雁

書　　名　香港旅聞軼事
著　　者　郭志標
出　　版　三聯書店（香港）有限公司
　　　　　香港北角英皇道四九九號北角工業大廈二十樓
香港發行　香港聯合書刊物流有限公司
　　　　　香港新界荃灣德士古道二二〇至二四八號十六樓
印　　刷　寶華數碼印刷有限公司
　　　　　香港柴灣吉勝街四十五號四樓 A 室
版　　次　二〇二四年七月香港第一版第一次印刷
規　　格　特十六開（150 mm × 210 mm）二二四面
國際書號　ISBN 978-962-04-5515-5
© 2024 三聯書店（香港）有限公司
Published & Printed in Hong Kong, China.